Darius Eis

Lesen wie C. S. Lewis

Wie (vorchristliche) Literatur unseren Glauben inspiriert

Für
Schwester Constanze

πάντα δὲ δοκιμάζετε, τὸ καλὸν κατέχετε
(ΠΡΟΣ ΘΕΣΣΑΛΟΝΙΚΕΙΣ Α΄ 5,21;
Novum Testamentum Graece[28])

Prüft aber alles und das Gute behaltet.
(1. Thessalonicher 5,21; Lutherübersetzung 2017)

Ὦ βάθος πλούτου καὶ σοφίας καὶ γνώσεως θεοῦ·
ὡς ἀνεξεραύνητα τὰ κρίματα αὐτοῦ καὶ ἀνεξιχνίαστοι
αἱ ὁδοὶ αὐτοῦ.
τίς γὰρ ἔγνω νοῦν κυρίου; ἢ τίς σύμβουλος αὐτοῦ ἐγένετο;
ἢ τίς προέδωκεν αὐτῷ, καὶ ἀνταποδοθήσεται αὐτῷ;
ὅτι ἐξ αὐτοῦ καὶ δι᾽ αὐτοῦ καὶ εἰς αὐτὸν τὰ πάντα·
αὐτῷ ἡ δόξα εἰς τοὺς αἰῶνας ἀμήν.
(ΠΡΟΣ ΡΩΜΑΙΟΥΣ 11,33–36; Novum Testamentum
Graece[28]; *Hervorhebungen* im Original)

Welche Tiefe des Reichtums, sowohl der
Weisheit als auch der Erkenntnis Gottes!
Wie unerforschlich sind seine Gerichte und
unaufspürbar seine Wege!
Denn wer hat des Herrn Sinn erkannt?
Oder wer ist sein Mitberater gewesen?
Oder wer hat ihm vorher gegeben, und es wird
ihm vergolten werden?
Denn aus ihm und durch ihn und zu ihm hin
sind alle Dinge!
Ihm sei die Herrlichkeit in Ewigkeit! Amen.
(Römer 11,33-36; Elberfelder Übersetzung)

Darius Eis

Lesen wie C. S. Lewis

Wie (vorchristliche) Literatur
unseren Glauben inspiriert

EDITION WORTSCHATZ

Druck und Bindung des vorliegenden Buches erfolgten in Deutschland.

MIX
Papier aus verantwortungsvollen Quellen
FSC® C083411

Die Deutsche Bibliothek verzeichnet diese Publikation in der Deutschen Nationalbibliografie; detaillierte bibliografische Daten sind im Internet über www.d-nb.de abrufbar.

Umschlaggestaltung: spoon design, Olaf Johannson
Bildnachweis: FloralDeco/Shutterstock.com
Satz und Herstellung: Edition Wortschatz, Cuxhaven

Edition Wortschatz, Sauerbruchstraße 16, 27478 Cuxhaven
ISBN 978-3-943362-67-1, Bestell-Nummer 588 967

www.edition-wortschatz.de

EDITION WORTSCHATZ

Inhaltsverzeichnis

Danksagung

Dieses Buch entstand aus einer Bachelorarbeit, die 2020 am Martin Bucer Seminar Chemnitz eingereicht wurde (Studium der Theologie). Es ist schwer zu sagen, wem alles Dank gebührt für das vorliegende Ergebnis. Wer auch immer an dieser Stelle namentlich genannt wird: Ich bitte um Entschuldigung für all die Menschen, die unerwähnt sind und dennoch ihren Teil dazu beigetragen haben.

Zuerst bedanke ich mich bei meiner Bachelorbetreuerin Dr. Miriam Schade. Eine Abschlussarbeit lehrt einer Person unter anderem viel Geduld und das wird vor allem bei ihr zugetroffen haben. Aus diesem Grund ein besonderes Dankeschön für die Geduld und ebenso für die Hilfestellungen, die mir entgegengebracht wurden.

Ein immenser Dank sei meinem Studienleiter Carsten Friedrich für die Unterstützung während des Studiums gewidmet.

Dr. Jonathan Reinert und Johannes Traichel danke ich für ihre Hilfe bei der Literaturrecherche. Lena-Maria Süpke, Josephina Weigelt und Maxime Pasker für ihre zahlreichen Anmerkungen während der Korrekturphase der Arbeit.

Weiterhin bedanke ich mich bei den Mitarbeitenden von Edition Wortschatz für ihre Unterstützung bei der Veröffentlichung.

Darüber hinaus und im besonderen Maße ein großes Dankeschön an Schwester Constanze! 2019 bat sie mich darum, eine gute Bachelorarbeit zu erstellen. Diese Bitte war während des Schreibens immer wieder präsent und ich habe versucht, ihr nachzukommen. Ob es mir gelang, mögen die Leserinnen und Leser beurteilen.[1]

Zum Schluss sei Dank dem, dem aller Dank gebührt:

Soli Deo gloria!
Allein Gott die Ehre!

Darius Eis,
Erfurt 2021

1 Bei Rückmeldungen oder Fragen kann sich gerne bei mir gemeldet werden: darius.eis@posteo.de.

Einleitung: Das Christusgeschehen

> *„Der Kernpunkt des christlichen Glaubens besteht [...] darin, daß uns der Tod Christi irgendwie mit Gott versöhnt und die Möglichkeit zu einem Neubeginn gegeben hat. [...] Uns wird gesagt, daß Christus für uns getötet wurde, daß sein Tod unsere Sünden weggewaschen und den Tod selbst zunichte gemacht hat. Das ist die Formel. Das ist das Christentum.“*[2]

Der Tod und die Auferstehung Jesu bilden das Zentrum des christlichen Glaubens. Es kann zusammenfassend als das „Christusgeschehen“ bezeichnet werden. Dieses wird in ausführlicher Weise in der Bibel, der Heiligen Schrift des Christentums, dargelegt. Liest man dieses Buch, wird deutlich, dass im Neuen Testament, dem zweiten Teil der Bibel, die Ereignisse um die Person Jesus Christus des Öfteren mit einem Verweis auf das Alte Testament, dem ersten Teil der Bibel, beschrieben werden. Die Aussage, die dahinter steht, ist folgende: *Auf das gesamte Jesusgeschehen wurde bereits im Alten Testament aufmerksam gemacht; alles verweist auf das Christusereignis!* Darauf deutet schon Jesus selbst hin: „Und von Mose und von allen Propheten anfangend, erklärte er [Jesus] ihnen in allen Schriften das, was ihn betraf.“ (Lukas 24,27; Elberfelder Übersetzung) Doch was passiert, wenn man ebenso in außerbiblischen Schriften Anklänge an Jesu Leben, Sterben und Auferstehen findet? Darf man diese auf ähnliche Weise mit dem Christusgeschehen in Verbindung setzen?

Eine mögliche Antwort auf diese Frage bietet C. S. Lewis mit seinem Ansatz „Mehrschichtiger Bedeutungen“[3]. Doch was genau besagt dieser Ansatz? Und wie lässt er sich bewerten und ggf. auch heute noch anwenden? Mit diesen Fragen will sich die vorliegende

---

2 Clive Staples Lewis. Pardon, ich bin Christ: Meine Argumente für den Glauben. Brunnen: Gießen, 2012^{21}. S. 58. 60.

3 In der gesamten Arbeit wird das Adjektiv „mehrschichtig“ in der Kombination mit dem Substantiv „Bedeutung“ groß geschrieben und in Anführungszeichen gesetzt, d. h. „Mehrschichtige Bedeutung“, um zu verdeutlichen, dass es sich hierbei um den Ansatz Lewis‘ handelt. Die Bezeichnung entspricht einer Kapitelüberschrift aus dem Buch *Das Gespräch mit Gott: Beten mit den Psalmen*. Innerhalb des Kapitels erläutert Lewis seinen Ansatz, der den Kern dieser Arbeit bildet. Vgl. Clive Staples Lewis. Das Gespräch mit Gott: Beten mit den Psalmen. Brunnen: Gießen, 2019^{3}. S. 110.

Arbeit auseinandersetzen und ergründen, wie mit Anklängen an das Christusgeschehen in (vorchristlichen) außerbiblischen Schriftzeugnissen umgegangen werden kann.

Die Arbeit gliedert sich in drei Hauptpunkte: Zuerst wird Lewis' Vorgehen dargestellt und in diesem Zusammenhang eines seiner Beispiele genauer untersucht („Lewis' Ansatz ‚Mehrschichtiger Bedeutungen'"). Danach wird aufbauend auf dem Offenbarungsverständnis[4] dieser Ansatz kritisch hinterfragt („Exklusives und Inklusives Offenbarungsverständnis"), um dann in Kapitel 3 Lewis' Vorgehen auf ein selbst gewähltes Beispiel anzuwenden („Lewis' Ansatz ‚Mehrschichtiger Bedeutungen' am Beispiel der *Alkestis* des *Euripides*"). Die Erkenntnisse dieser Hauptpunkte werden in einem Schlussfazit zusammengebracht („Fazit").

4 Eine Definition dieses Begriffes erfolgt in dem entsprechenden Kapitel.

1. Lewis' Ansatz „Mehrschichtiger Bedeutungen"

Bevor Lewis' Ansatz im Umgang mit möglichen (vorchristlichen) außerbiblischen Anklängen an das Christusgeschehen vorgestellt wird, soll ein kurzer Überblick über das Leben von C. S. Lewis gegeben werden. Danach folgt eine kurze Vorstellung des Buches, in dem sich der Ansatz „Mehrschichtiger Bedeutungen" finden lässt, worauf folgend der eigentliche Ansatz erläutert wird. In einem weiteren Teil soll das Beispiel des *gerechten Mannes* bei *Platon* etwas genauer untersucht werden, welches Lewis selbst anführt, um seinen Ansatz „Mehrschichtiger Bedeutungen" in Bezug auf nichtbiblische Schriftzeugnisse zu untermauern.

1.1 *Abriss über Leben und Schaffen C. S. Lewis'*[5]

Der irische Schriftsteller und Literaturwissenschaftler Clive Staples Lewis wurde 1898 in Belfast geboren. Obwohl er in Irland zur Welt kam und dort auch seine Kindheit verbrachte, lebte er den größten Teil seines Lebens in England.

Lewis' Leben in England war zunächst von seiner Schulbildung geprägt, die er hauptsächlich durch Privatunterricht erhielt. Die wichtigsten Dinge, die er nach eigenen Angaben von seinem Privatlehrer vermittelt bekam, waren das logische Denken und die Unterweisung in der Dialektik.[6] Beides bereitete Lewis den Weg an die Oxford University, die er mit einem sehr guten Abschluss in den Fächern der lateinischen, griechischen und englischen Sprache sowie der Philosophie absolvierte.

1925 begann Lewis' Lehrtätigkeit als Dozent am Magdalen College in Oxford, wo er ebenso als Tutor tätig war. Von den Studierenden wurde er sehr geschätzt und seine Vorlesungen erfreuten sich

5 Soweit nicht anders angegeben, stammen die folgenden Information aus einem Vorwort in: Clive Staples Lewis. Pardon, ich bin Christ: Meine Argumente für den Glauben. a. a. O. S. 7f. Weitere Informationen zu Lewis' Leben finden sich u. a. in seiner Autobiografie: Clive Staples Lewis. Überrascht von Freude. Brunnen: Gießen, 2007.

6 Vgl. Clive Staples Lewis. Überrascht von Freude. a. a. O. S. 179.

großer Beliebtheit. Die immense Belesenheit von Lewis führte 1954 dazu, dass er zum Professor für englische Literatur des Mittelalters und der Renaissance an der Universität in Cambridge ernannt wurde.

Obwohl er heutzutage vorrangig als christlicher Autor bekannt ist, war der Weg zum christlichen Glauben für C. S. Lewis sehr lang.[7] Zwar besuchte er als Kind regelmäßig die Kirche, doch ließen diese Besuche nach einiger Zeit nach.[8] In der kurzen Schulzeit, die Lewis nicht bei einem Privatlehrer, sondern am Malvern College (England) verbrachte, legte er das Wenige, was er durch seine Erziehung an christlichen Glauben mitgenommen hatte, ab und wurde bekennender Atheist.[9] Was ihn nach langer Zeit in langsamen Schritten wieder näher an den christlichen Glauben heranführte, war überwiegend seine Beschäftigung mit diverser und vielfältiger Literatur, die ihn immer wieder auf den Glauben an einen Gott aufmerksam machte.[10]

Auch der Glaube vieler Arbeitskollegen, die sich trotz ihrer Bildung zu Jesus bekannten, was Lewis lange Zeit als einen Widerspruch ansah, regte ihn zum Nachdenken an. Durch Bücher und Gespräche immer wieder mit dem christlichen Glauben konfrontiert, dachte er mehr und mehr über die Plausibilität eines Gottesglauben nach. 1929 bekannte er sich zum Glauben an einen Gott und etwa ein Jahr später gänzlich zum Christentum.[11]

Seitdem war der christliche Glaube fester Bestandteil von Lewis' Leben. Auch als Dozent und Schriftsteller bekundete er offen seine Weltsicht und versuchte, die christliche Lehre verständlich darzulegen.

1963 starb er in Oxford. Seine Ausführungen über das Christentum und zu speziellen Fragen des christlichen Glaubens wurden

---

7 Eben diesen Weg beschreibt Lewis in seiner Autobiografie.

8 Clive Staples Lewis. Überrascht von Freude. a. a. O. S. 16.

9 Ebd. S. 76–83.

10 Er schreibt in ebd. S. 232: „Ein junger Mann, der Atheist zu bleiben wünscht, kann nicht vorsichtig genug in seiner Lektüre sein. Überall lauern Fallen – ‚aufgeschlagene Bibeln, Millionen Überraschungen', wie Herbert sagt, ‚feine Netze und Finten.' Gott ist, wenn ich das sagen darf, sehr skrupellos."

11 Ebd. S. 255–280. S. 274: „In Trinity Term 1929 lenkte ich ein und gab zu, daß Gott Gott war, und kniete nieder und betete; vielleicht in jener Nacht der niedergeschlagenste und widerwilligste Bekehrte in ganz England."

seither von zahlreichen Menschen weltweit gelesen und positiv aufgenommen. Seine von der Logik herkommende Herangehensweise bescherte Lewis dabei an vielen Orten einen festen Platz innerhalb der christlichen Bestsellerliteratur.

1.2 *Lewis' Gedanken zum Psalter*

Im September 1958 erschien erstmalig das Buch *Das Gespräch mit Gott: Beten mit den Psalmen* (Originaltitel: *Reflections on the Psalms*) von C. S. Lewis. Er selbst bezeichnete sein Werk als „eine sehr unambitionierte kleine Arbeit über die Psalmen", die er auf Anstoß eines befreundeten Theologen verfasst hatte.[12]

Viele Werke von Lewis zählen zum Bereich der Apologetik[13] und wenden sich oft an nichtchristliche Leser. *Das Gespräch mit Gott: Beten mit den Psalmen* unterscheidet sich davon. Er schreibt an Christen, die in ihrer Bibellektüre auf die Psalmen stoßen und er tut dies aus der Sicht eines Nicht-Theologen; und er schreibt nicht an Theologen, sondern an „Laien":

> *„Ich schreibe für Laien über Dinge, in denen ich selbst ein Laie bin. [...] In diesem Buch schreibe ich als Amateur für Amateure, und zwar über das, was mir beim Lesen der Psalmen an Schwierigkeiten begegnet oder auch an Lichtern aufgegangen ist. Ich tue dies in der Hoffnung, dies möge andere, ebenso wenig fachkundige Leser zumindest interessieren und ihnen bisweilen sogar helfen."*[14]

Seine Betrachtung der Psalmen lässt sich beschreiben als eine Mischung aus Verweisen auf die poetische Qualität derselbigen und Überlegungen zu Fragestellungen, die sich aus gewissen Psalmen

---

12 Clive Staples Lewis. Das Gespräch mit Gott: Beten mit den Psalmen. a. a. O. S. 7.

13 Als Apologie (griech. ἀπολογι,a *apologia* = „Verteidigung") bezeichnet man eine Schrift oder Rede, die eine gewisse Lehre bzw. Meinung bekräftigen [verteidigen] möchte. Die christliche Apologetik beschäftigt sich demnach mit der Verteidigung der christlichen Glaubenslehre. Vgl. Beate Varnhorn/Anke Braun u. a. (Hrsg.). Das aktuelle wissen.de Lexikon in 24 Bänden: Band 2. Wissen Media Verlag: Gütersloh/München, 2004. S. 9. Vgl. ebenso in: Gustav Eduard Benseler. Griechisch-Deutsches Schul-Wörterbuch. Teubner: Leipzig, 1896[10]. S. 92.

14 Clive Staples Lewis. Das Gespräch mit Gott: Beten mit den Psalmen. a. a. O. S. 13f.

ergeben. Bei Letzterem ging es Lewis sowohl um Aussagen, die bei Lesern Schwierigkeiten hervorrufen (z. B. der Umstand, dass Psalmisten in einigen Psalmen ihren Feinden den Tod herbeiwünschen und Gott als den Richter anrufen) als auch solche, die den Leser zur Freude ermutigen sollten (auf S. 58 schreibt Lewis bspw.: „Das Kostbarste, das mir die Psalmen geben, ist, dass sie jene Freude an Gott ausdrücken, die David zum Tanzen brachte.").[15] Als Literaturwissenschaftler war es Lewis dabei ein besonderes Anliegen, die Psalmen als das zu betrachten, was sie sind: als Gedichte, die gemäß ihrer Literaturgattung mit bestimmten Freiheiten, Übertreibungen und emotionalen Elementen arbeiten. Für ihn sind die Psalmen keine dogmatischen Abhandlungen, sondern Lieder, die als solche auszulegen und zu analysieren sind.[16]

Bei alledem ging es Lewis nicht um eine vollständige und exakte Auslegung der Psalmen. Er hob viel mehr die Themen hervor, die ihn selbst interessierten und er vernachlässigte die Dinge, die für ihn persönlich unwichtig waren und dementsprechend in den Hintergrund traten. Die Gliederung des Buches folgt dabei der Absicht, dass Lewis zuerst seine Gedanken über jene Dinge ausdrücken wollte, die bei vielen Lesern eher zu Problemen führen könnten und zum Ende hin die, die der Auferbauung dienen. Im Vordergrund stand ebenso wenig die geschichtliche Entwicklung des Psalters, sondern viel mehr die poetische und inhaltliche Qualität einzelner Psalmen.[17]

In den ersten Kapiteln seines Buches betrachtet Lewis die Psalmen hauptsächlich unter der Fragestellung, was der Verfasser ursprünglich mit dem jeweiligen Psalm zum Ausdruck bringen wollte. In den für diese Arbeit relevanten Kapiteln (Kapitel 10: „Mehrschichtige Bedeutungen" und Kapitel 12: „Mehrschichtige Bedeutungen in den Psalmen") ändert Lewis seinen Betrachtungswinkel und stellt sich die Frage, ob im Lichte der Geschehnisse, die im Neuen Testament berichtet sind, die Psalmen eventuell eine tiefgreifendere Bedeutung bekommen könnten:

15 Ebd. S. 8f.

16 Ebd. S. 15.

17 Ebd. S. 19.

„Bisher haben wir versucht, die Psalmen so zu lesen, wie wir annehmen – oder wie ich annehme –, dass ihre Verfasser sie verstanden wissen wollten. Aber das ist natürlich nicht die Art und Weise, wie sie von Christen hauptsächlich gebraucht wurden. Man ging davon aus, dass sie eine zweite oder verborgene Bedeutung enthalten, einen ‚allegorischen' Sinn, der sich auf die zentralen Wahrheiten des Christentums bezieht: die Menschwerdung, Passion, Auferstehung und Himmelfahrt Christi und die Erlösung des Menschen. […] Aus dieser Sicht wird die volle Bedeutung dessen, was die Verfasser sagen, erst im Licht von Ereignissen deutlich, die lange nach ihrem Tod geschahen."[18]

Lewis äußert selbst, dass er nicht der Einzige ist, der Psalmen mit dem Blick auf das Christusgeschehnis liest und diese auf dieses Geschehen hin deutet.[19] Er führt Psalmen wie Psalm 13, 22 u. a. auf, in denen jeweils ein leidender Mensch beschrieben wird und Psalm 2 und Psalm 72, in denen ein siegreicher König beschrieben wird, der die Menschen befreit. Beide Beschreibungen bezieht er auf Jesus, der am Kreuz litt und die Menschheit durch seinen Tod und seine Auferstehung befreite. Somit erhalten die Psalmen nach Lewis eine Bedeutung über den ursprünglichen Sinn hinaus, womit die Bedeutungen der Psalmen „mehrschichtig" werden. Die eine Schicht beinhaltet die vom Verfasser primär beabsichtigte Botschaft eines Textes und die zweite Schicht eine Aussage, die auf Jesus Christus als dem Kern des christlichen Glaubens hinweist. Um die Legitimität dieses Vorgehens (die Deutung der Psalmen auf das Christusgeschehnis hin) zu unterstreichen, führt er unter anderem den Hebräerbrief an, der an

18 Ebd. S. 110.

19 Lewis erwähnt ihn zwar nicht, doch sei als Beispiel auf den Theologen Dietrich Bonhoeffer hingewiesen, der in seinem Buch über die Psalmen ebenso diese mit Jesus in Verbindung bringt. Jedoch tritt bei Bonhoeffer ein Aspekt hinzu, welcher noch tiefer geht. Er schreibt: „In den Psalmen Davids spricht schon der verheißene Christus selbst […] Dieselben Worte also, die David sprach, sprach in ihm der zukünftige Messias. Die Gebete Davids wurden von Christus mitgebetet oder vielmehr Christus selbst betete sie in seinem Vorläufer David." Demnach verweisen die Psalmen nach Bonhoeffer nicht nur auf Jesus, sondern Christus selbst spricht in ihnen. Dietrich Bonhoeffer. Die Psalmen: Das Gebetbuch der Bibel. MBK-Verlag: Bad Salzuflen/Brunnen: Gießen, 2013[19]. S. 19.

verschieden Stellen Psalmen zitiert und diese zu Jesus in Verbindung setzt.[20]

Insbesondere in Kapitel 10 schreibt Lewis davon, dass sich dieser Ansatz „Mehrschichtiger Bedeutungen" seiner Meinung nach auch auf andere Schriftzeugnisse außerhalb der Bibel erweitern lässt. Dieser auf außerbiblische Quellen bezogene Ansatz bildet den Kern dieser Arbeit und soll daher im Weiteren näher erklärt werden.

1.3 „Mehrschichtige Bedeutungen"

Die Beschreibung der Gedanken Lewis' über mögliche Anklänge zum Christusgeschehen in außerbiblischen Schriftzeugnissen soll in drei Schritten geschehen. Zuerst kommt eine Vorstellung des Ansatzes an sich. Um diesen zu beschreiben bzw. zu bekräftigen nutzt Lewis überwiegend drei nichtbiblische und vorchristliche Literaturquellen, die er mit Jesus Christus in Verbindung setzt: 1. Ein Gedicht des römischen Dichters *Vergil*. 2. Eine Passage aus dem Werk *Der Staat* des griechischen Philosophen *Platon*. 3. Andeutungshaft der Vergleich zu sterbenden und wieder auferstehenden Göttern aus diversen heidnischen Mythologien. Das Gedicht *Vergils* soll unter 1.3 ebenfalls genutzt werden, um den Ansatz „Mehrschichtiger Bedeutungen" zu erläutern.[21] In einem zweiten Schritt werden Lewis' Ideen über das Entstehen solcher Christusverweise aufgezeigt, um anschließend zu kritischen Punkten seines Ansatzes zu kommen, die er selbst erwähnt. Auf Bekräftigungen oder Kritiken seiner niedergeschriebenen Gedanken durch andere Personen wird in diesem Abschnitt zum größten Teil verzichtet, da diese unter Punkt 2 („Exklusives und

---

20 Siehe dazu v. a. Kapitel 12 in Clive Staples Lewis. Das Gespräch mit Gott: Beten mit den Psalmen. a. a. O. S. 132–151. Als Beispiel sei hier auf Hebräer 1,8f. hingewiesen, wo eine Passage aus Psalm 45 zitiert wird und diese auf Gottes Sohn (= Jesus Christus) bezogen wird.

21 Das zweite Beispiel (*Platon*) wird unter 1.4 („*Platons* Gerechter Mann") genauer betrachtet. Das dritte Beispiel wird in leicht abgewandelter Form unter Punkt 3 („Lewis' Ansatz ‚Mehrschichtiger Bedeutungen' am Beispiel der *Alkestis* des *Euripides*") mit aufgenommen (Während Lewis auf Grundlage seines vorgestellten Ansatzes den Tod und die Auferstehung Jesu mit heidnischen Göttern vergleicht, wird in Punkt 3 auf Basis der „Mehrschichtigen Bedeutungen" das Christusgeschehen mit dem Tod und der Auferstehung einer heidnischen Sterblichen in Verbindung gebracht.).

Inklusives Offenbarungsverständnis“) dieser Arbeit ausführlicher zu Wort kommen sollen.

1.3.1 Jesus Christus in (vorchristlichen) außerbiblischen Quellen

Ein antiker Geschichtsschreiber, so schreibt Lewis, berichtete davon, dass in einer größeren Stadt ein Feuer ausbrach. Ausbruchsort war angeblich eines der allgemein zugänglichen Bäder der Stadt. Hinzu kam die Annahme, es handele sich bei diesem Feuer um eine Brandstiftung. Wie kam es zu diesem Verdacht? Grundlage des Verdachtes war ein Geschehnis, welches sich vor den Brand zutrug: Es wurde sich über die Temperatur des Wassers im Bad beschwert, welche angeblich zu niedrig gewesen sei. Auf diese Beschwerde reagierte ein Aufseher des Bades mit den Worten: *„Es wird bald heiß genug sein“*. Diese zuvor ausgesprochenen Worte eines Badewärters wurden nun mit den späteren Brand innerhalb der Stadt in Verbindung gesetzt.[22]

Was will Lewis mit dieser Geschichte zum Ausdruck bringen? Es geht ihm um die Frage, wie mit der später hinzugekommenen Information bzw. dem später eingetretenen Ereignis des Stadtfeuers die Worte des Badeaufsehers „bewertet“ werden. Eine erste Reaktion könnte sein, den Badewärter aufgrund der zuvor ausgesprochenen Worte als Brandstifter zu verdächtigen, der sich durch die Worte schon vor der eigentlichen Tat verraten hat. Jedoch regt Lewis an, die Geschichte anders aufzunehmen. Er stellt die These auf, der Brand innerhalb der Stadt sei durch einen Unfall hervorgerufen worden; keine Person hätte mutwillig ein Feuer entzündet. Wie würde man in diesem Fall die Worte *„Es wird bald heißt genug sein“* betrachten? Nach Lewis würde man erkennen, dass die Worte des Badeaufsehers „mehr Wahrheit oder eine wichtigere Wahrheit enthalten [haben], als ihm selbst klar war“. Durch Geschehnisse und Information, die später eintraten, haben diese Worte dadurch eine „tiefere Bedeutung“ gewonnen.[23] Was in erster Linie (im Sinne einer ersten Bedeutungsschicht) eine normale Erwiderung auf eine Beschwerde war, bekam

22 Clive Staples Lewis. Das Gespräch mit Gott: Beten mit den Psalmen. a. a. O. S. 111f (*Hervorhebungen* im Original).

23 Ebd. S. 112.

im Lichte einer anderen Begebenheit eine zweite Aussageebene (im Sinne einer zweiten Bedeutungsschicht). In der ersten Bedeutungsschicht ging es lediglich um die Temperatur des Wassers, die nach dem Bademeister bald *heißer* sein würde. In der zweiten trat die *heiße* Temperatur des Feuers hinzu, die zum Zeitpunkt der Aussprache der Wörter noch gar nicht erkennbar war, sondern erst später hervortrat. Die Worte hatten eine *„Mehrschichtige Bedeutung"* bekommen.

Lewis will Folgendes seinen Lesern verdeutlichen: Durch zusätzliche Informationen und den immer weitergehenden Fortlauf der Geschichte lassen sich gewisse Geschichten oder speziell bestimmte Schriften noch einmal anders lesen und vor allem im Lichte der zusätzlichen und neuen Dinge anders deuten. Diesen Umstand bezeichnet er als die „Mehrschichtigen Bedeutungen" eines Textes. Ohne dass er vorschnell eine eigene Bewertung zu diesem Vorgehen gibt, beschreibt er mit Verweis auf ein Gedicht des römischen Dichters *Vergil*[24], dass gerade in christlichen Kreisen auf dieser Grundlage viele, vor allem vorchristliche, außerbiblische Schriftzeugnisse neu gelesen und gedeutet werden. Bei dieser Neudeutung werden die Quellen dann auf Christus bezogen. Dies soll kurz an dem bereits erwähnten Gedicht *Vergils* veranschaulicht werden.[25]

Viele Gedichte *Vergils* gehören der Gattung der Bukolik (griech. βουκόλος *boukọlos* = „Rinderhirte"[26]) an, in welcher die „Sehnsucht nach der Schlichtheit und Naturverbundenheit ländl[ichen] Lebens" zum Ausdruck kommen soll.[27] Relativ am Anfang der vierten Ekloge[28] seiner Bukolik-Dichtung schreibt *Vergil* folgende Worte:

24 *Vergil* bzw. Vergilius (70–19 v. Chr.) war ein römischer Dichter, der durch seine kunstvolle und symbolische Sprache zu Berühmtheit gelangte. Für viele auf ihn folgende antike Dichter wurde er *das* Vorbild eines guten Dichters neben *Homer*. Speziell durch das in dieser Arbeit vorgestellte Gedicht gewann er noch lange nach seinem Tod ebenso die Gunst vieler Christen. Vgl. dazu: Johannes Irmscher (Hrsg.). Lexikon der Antike. VEB Bibliographisches Institut Leipzig: Leipzig, 1987[9]. S. 617.

25 Eine ausführlichere Betrachtung erfolgt in Punkt 1.4 („*Platons* Gerechter Mann") an einem anderen Beispiel.

26 Vgl. Gustav Eduard Benseler. Griechisch-Deutsches Schul-Wörterbuch. a. a. O. S. 139.

27 Johannes Irmscher (Hrsg.). Lexikon der Antike. a. a. O. S. 105.

28 Ekloge (griech. ἐκλογή *eklogẹ̄* = „Auswahl") bezeichnet ein aus einer Sammlung herausgenommenes („ausgewähltes") Gedicht. Vgl. dazu: ebd. S. 153. Ebenso: Gustav Eduard Benseler. Griechisch-Deutsches Schul-Wörterbuch. a. a. O. S. 237.

„[D]ie große Reihe der Äonen wird von neuem geboren. Schon kehrt die Jungfrau zurück, die Herrschaft Saturns kehrt wieder; schon wird neuer Nachwuchs vom hohen Himmel herabgesandt.“[29]

Lewis erwähnt, dass das Gedicht im weiteren Verlauf beschreibt, wie durch die Geburt des Kindes ein Zeitalter beginnt, in welchem paradiesische Zustände vorherrschen.[30] Darüber hinaus gibt er dem Leser die zusätzliche Information, dass „die Herrschaft des Saturns“ für den Römer gleichzusetzen war mit einer Friedensherrschaft, die es einst auf der Welt gegeben haben soll.[31] Seine eigene Deutung vorerst nicht erwähnend, sagt Lewis, dass dieses Gedicht, welches vor der Geburt Christi verfasst wurde, mehrfach von Christen so gedeutet wurde, als hätte *Vergil* hier „eine prophetische Ahnung der Geburt Christi“ gehabt. Die Jungfrau wurde gleichgesetzt mit Maria, der Mutter Jesu, die vergangene „Herrschaft des Saturns“ mit den in Genesis 1 und 2 geschilderten paradiesischen Zuständen im Garten Eden, das „neugeborene Kind“, welches „vom Himmel herabgesandt“ wird, mit Jesus Christus, der als Sohn Gottes auf diese Welt gekommen ist und damit ein neues Zeitalter [Äon] eingeleitet hat.[32]

Vergil schrieb sein Gedicht, bevor Jesus Christus geboren wurde. Wen er ursprünglich bei der Verfassung vor Augen hatte, ist ungewiss. Lewis selbst gibt den Sohn einer kaiserlichen Familie als Möglichkeit

---

29 Vergil. Bucolia/Hirtengedichte: Lateinisch/Deutsch. Reclam: Ditzingen, 2001. S. 37. Interessanterweise erwähnt der hinzugefügte Kommentar der Reclam-Auflage ebenso, dass die vierte Ekloge oft von Christen auf Jesus hin gedeutet wurde. Allen voran wird Kaiser Konstantin genannt, welcher auf dem Konzil von Nicäa die Ekloge für eine christliche Interpretation heranzog. Ebd. S. 136.

30 Clive Staples Lewis. Das Gespräch mit Gott: Beten mit den Psalmen. a. a. O. S. 112. Joseph Ratzinger sieht speziell in dieser Erwähnung eines neuen, paradiesischen Zeitalters bei *Vergil* eine Verbindung zum Christentum. Siehe dazu: Joseph Ratzinger (Benedikt XVI.). Jesus von Nazareth: Band III: Prolog: Die Kindheitsgeschichten. Herder: Freiburg, 2012. S. 71f.

31 Vgl. ebenso in: Johannes Irmscher (Hrsg.). Lexikon der Antike. a. a. O. S. 517.

32 Clive Staples Lewis. Das Gespräch mit Gott: Beten mit den Psalmen. a. a. O. S. 112. 119.

an.[33] Es lässt sich nicht nachweisen, an wen die Leser der damaligen Zeit vor Christus gedacht haben, als sie das Gedicht gelesen oder gehört haben. Alle Überlegungen hierzu bleiben Vermutungen. Es könnte auch möglich sein, dass es nur der Ausdruck einer Sehnsucht war; ein Wunsch, den man erfüllt haben wollte.[34] Die erste Schicht, die ursprüngliche Bedeutung des Gedichtes bleibt an dieser Stelle Spekulation, doch mit dem Verweis auf die Ähnlichkeiten zu den Berichten des Lebens Jesu tritt eine andere Schicht, eine zusätzliche Bedeutung hervor. Es ist die oben erwähnte Neudeutung, die den Leser durch die vorchristlichen Worte *Vergils* auf Jesus Christus hinweisen, was allerdings erst später, im Lichte des Christusgeschehens, erkennbar wird. *Vergils* Gedicht lässt somit (im Nachhinein) bereits das Jesusereignis anklingen. Es bekommt eine tiefere Bedeutung, als ursprünglich vorhanden war. Diese Ähnlichkeiten (Anklänge) zu Christi Leben in der vierten Ekloge der Bukolik-Dichtung haben im Mittelalter dazu geführt (und führen in einigen

---

33 Ebd. S. 113. Der Kommentar zur Reclam-Auflage der Hirtengedichte spezifiziert diese Vermutung durch Nennung einiger Kaiserfamilien (u. a. die des *Augustus*), die zur damaligen Zeit ein Kind erwarteten, stellt aber ebenso klar, dass es sich nur um eine Möglichkeit handelt. Ob dies tatsächlich die Deutung ist, die *Vergil* im Sinn hatte, bleibt ungeklärt. Ebenfalls wird eine Interpretation vorgestellt, die den „Nachwuchs" auf die gesamte junge Generation Roms bezieht. Vgl.: Vergil. Bucolia/Hirtengedichte: Lateinisch/Deutsch. a. a. O. S. 128–132 (Siehe ebd. bis S. 140 für weitere Deutungsvarianten).

34 Ähnlich: Vergil. Bucolia/Hirtengedichte: Lateinisch/Deutsch. a. a. O. S. 129.

Kreisen wohlmöglich auch heute noch dazu), dass *Vergil* unter vereinzelten Christen als heidnischer Prophet angesehen wurde.[35]

Mit diesem Beispiel beschreibt Lewis, wie ein (vorchristlicher) nichtbiblischer Text dennoch aufgrund der „*Mehrschichtigen Bedeutung*", die durch spätere Geschehnisse hinzutritt, Anklänge an das Christusgeschehen enthalten kann. Dass er selbst dieses Vorgehen einer Neudeutung antiker Texte auf Jesus hin für legitim hält, macht er durch weitere Beispiele deutlich, die er allerdings von dem Beispiel *Vergils* unterscheidet. Während er bei *Vergil* zuzugestehen scheint, dass diese Ähnlichkeit zwischen dem Gedicht und Jesus ebenso ein einfacher Zufall sein kann,[36] so führt er danach „zwei Beispiele an, die meiner [Lewis] Meinung nach auf einer anderen Ebene liegen."[37]

Als erstes spricht Lewis von *Platons* Werk *Der Staat*. Hier wird eine Person beschrieben, die in ihrer Beschreibung in unglaubli-

35 Clive Staples Lewis. Das Gespräch mit Gott: Beten mit den Psalmen. a. a. O. S. 113. Vgl. auch: Johannes Irmscher (Hrsg.). Lexikon der Antike. a. a. O. S. 617. Wie bereits erwähnt, wird diese Verbindung zum Christentum ebenso im Kommentar der Bucolia erwähnt. In der dort enthaltenen Zusammenfassung steht: „[M]an muß [...] auf Konvergenzen zwischen Vergil und dem Christentum hinweisen." (Vergil. Bucolia/Hirtengedichte: Lateinisch/Deutsch. a. a. O. S. 140.) C. S. Lewis greift einen ähnlichen Gedanken in Bezug auf *Vergil* in seiner Autobiografie auf, allerdings mit dem Blinkwinkel auf ihn begegnende Nichtchristen, welche die Verbindungen zwischen *Vergils* Gedicht und Jesus Christus erkannten, jedoch eine seines Erachtens falsche Schlussfolgerung daraus zogen. Er schreibt dort: „[B]esonders bei Vergil [...] wurde man mit einer Vielzahl religiöser Gedanken konfrontiert; und alle Lehrer und Herausgeber gingen wie selbstverständlich davon aus, all diese religiösen Gedanken seien schiere Illusion. Keiner versuchte jemals zu zeigen, in welchem Sinne das Christentum die Erfüllung des Heidentums oder das Heidentum ein Vorläufer des Christentums ist." Clive Staples Lewis. Überrascht von Freude. a. a. O. S. 80.
Eine interessante Stelle zu diesem Thema findet sich ebenfalls in der *Göttlichen Komödie* des italienischen Dichters *Dante Alighieri*, die im 14. Jh. erstmalig erschien (Dante Alighieri. La Commedia/Die Göttliche Komödie I: Inferno/Hölle: Italienisch/Deutsch [übersetzt von Hartmut Köhler]. Reclam: Stuttgart, 2017. S. 543.). In diesem fiktiven Werk begegnen der Protagonist (*Dante* selbst) und *Vergil* einem Poeten aus Neapel, der davon berichtet, dass er durch die Werke *Vergils*, und speziell durch den hier erwähnten Teil der Bucolia, Christ wurde. Dieser Poet sagt dort: „Als erster hast du [*Vergil*] [...] mir auch den Weg zu Gott erleuchtet." Nachdem er im Folgenden ebenfalls die hier erwähnte Bucolia-Passage zitiert, schließt er: „Durch dich [*Vergil*] wurde ich Dichter, durch dich auch Christ" (Dante Alighieri. La Commedia/Die Göttliche Komödie II: Purgatorio/Läuterungsberg: Italienisch/Deutsch [übersetzt von Hartmut Köhler]. Reclam: Stuttgart, 2015. S. 421. 435. 437.). All das zeigt deutlich, dass Lewis mit seiner *Vergil*-Deutung nicht alleine ist.

36 Siehe dazu 1.3.2 („Das Entstehen außerbiblischer Christusverweise").

37 Clive Staples Lewis. Das Gespräch mit Gott: Beten mit den Psalmen. a. a. O. S. 113. Da diese Beispiele z. T. unter Punkt 1.4 („*Platons* gerechter Mann") und Punkt 3 („Lewis' Ansatz ‚Mehrschichtiger Bedeutungen' am Beispiel der *Alkestis* des *Euripides*") nochmal aufgegriffen werden, wird hier nur kurz darauf eingegangen werden.

cher Präzision an die Person Christi erinnert.[38] Die Ähnlichkeiten, die dabei zwischen der beschriebenen Person und Jesus Christus auftreten, sind für Lewis so gewaltig, dass er an dieser Stelle nicht mehr von einem Zufall spricht. Nach Lewis sind in gewissen außerbiblischen Schriftzeugnissen die Ähnlichkeiten (Anklänge) zum Jesusereignis so hoch, dass der Leser, der diese Ähnlichkeiten sieht, „nicht rufen [wird]: ‚Was für ein merkwürdiger Zufall!' Eher wird er wohl sagen: ‚Na bitte! Was habe ich euch gesagt?'"[39]

Lewis sieht in solchen Christusverweisen in einem gewissen Sinne eine Bestätigung für die Wahrhaftigkeit Jesu und der Dinge, die Christus auf dieser Welt getan hat. Das macht auch sein zweites Beispiel deutlich:

> *„Und was sollen wir über jene Götter in verschiedenen heidnischen Mythologien sagen, die getötet werden und wieder auferstehen und dadurch das Leben der Menschen, die sie anbeten, oder das der Natur erneuern oder verwandeln? Merkwürdigerweise würden gerade jene Anthropologen, die unserem Glauben [Christentum] am feindseligsten gegenüberstehen, mit vielen Christen übereinstimmen, wenn sie sagen: ‚Die Ähnlichkeit ist nicht zufällig.'"*[40]

Jesus Christus ist der menschgewordene Gott und der Kern des christlichen Glaubens ist der Tod und die Wiederauferstehung von Jesus Christus. Lewis zieht hier eine Verbindung zu allen Geschichten innerhalb verschiedenster Mythologien, in der ein Gott stirbt, danach jedoch wieder lebendig wird. Er sieht eben darin einen Verweis auf Jesus, einen Hinweis auf Christus, der dem Christen als Anknüpfungspunkt dienen kann.

Lewis zeigt demnach durch seinen Ansatz „Mehrschichtiger Bedeutungen", dass in (vorchristlichen) außerbiblischen Schriftzeugnissen Ähnlichkeiten zum Christusgeschehen und damit Verweise auf Jesus Christus zu finden sind. Diese Anklänge werden allerdings

---

38 Siehe dazu 1.4 („*Platons* Gerechter Mann").

39 Clive Staples Lewis. Das Gespräch mit Gott: Beten mit den Psalmen. a. a. O. S. 117.

40 Ebd.

überwiegend erst durch das später geschehene Christusgeschehen (Jesu Leben, sein Tod und seine Auferstehung) deutlich. Wie diese Ähnlichkeiten und Verweise zu werten sind, hängt für ihn mit der Frage zusammen, wie solche Anklänge in (vorchristlicher) Literatur zustande gekommen sind.[41] Deshalb sollen die Ideen, die Lewis dazu niederschreibt, im Folgenden beschrieben werden.

1.3.2 Das Entstehen außerbiblischer Christusverweise

Bei Lewis' Beispielen handelt es sich um Schriftzeugnisse, die *vor* Christi Geburt verfasst wurden. Das diese Quellen Inhalte aufzeigen, die Lewis (und andere) mit Jesu Leben in Verbindung setzt oder gar als spezifische Verweise auf Christus ansieht, wirft die Frage auf, wie ein vorchristlicher Autor von etwas schreiben konnte, was noch nicht eingetroffen ist; demnach die Frage, wie solche Christusverweise entstehen. Zu dieser Frage gibt C. S. Lewis verschiedene Antworten.

Als erstes geht er auf den Leser einer nichtbiblischen Schrift ein. Er verweist darauf, dass die Verbindungen, die ein Leser zwischen Jesus Christus und einem außerbiblischen Werk zieht, (fälschliche) Eigeninterpretationen des Lesers sein können. Der Leser liest etwas in den Text hinein, das eigentlich gar nicht drin steht und was der Autor auch nie als Aussage seines Werkes im Sinn hatte. Der Anklang an das Christusgeschehen wäre in diesem Fall das Ergebnis einer Eisegese, eines Hineinlesens von Aussagen in einen Text.

> *„[W]ir wissen ja, dass man fast alles in ein Buch hineinlesen kann, wenn man unbedingt will. Das steht besonders eindrücklich jedem vor Augen, der fantastische Erzählungen geschrieben hat. So jemand wird nämlich feststellen, dass Rezensenten […] alle möglichen allegorischen Bedeutungen in seine Geschichte hineinlesen, an die er nie gedacht hat.“*[42]

41 Ebd. S. 117–119.

42 Ebd. S. 110f. Siehe dazu ebenso Punkt 2 („Exklusives und Inklusives Offenbarungsverständnis“).

Demnach zeigt Lewis hier die Möglichkeit auf, dass ein solcher Christusverweis nur aufgrund des eigenen Wunschdenkens des Lesers entsteht.

Die zweite Möglichkeit der Entstehung eines Hinweises auf Jesus in außerbiblischen Aussagen sieht Lewis im Zufall. An dieser Stelle wird zu der von ihm erwähnten Geschichte des Stadtbrandes und der Worte des Badeaufsehers („*Es wird bald heiß genug sein*") zurückgekehrt.[43] Da Lewis die Geschichte unter dem Blickwinkel betrachtet, dass der Badeaufseher nicht der Brandstifter war, sondern der Ausbruch des Feuers lediglich ein Unfall, war der tiefere Sinn der Worte des Aufsehers vorher nicht absehbar. Dass seine Worte im Nachhinein eine ironische Doppeldeutigkeit erlangen sollten, konnte er nicht wissen. „Die tiefere Bedeutung, die seine Worte während der nächsten Stunden gewannen, kam [...] rein zufällig zustande." Allerdings stand sie nicht im Widerspruch zur ursprünglichen Intention, sondern trat zu dieser hinzu, was Lewis von der zuvor erwähnten Eisegese unterscheidet.[44] Unter dieser Möglichkeit der Entstehung aus dem Zufall heraus betrachtet Lewis anfangs auch die Verbindung zwischen Jesus und dem Gedicht *Vergils*, macht jedoch bei dieser Verbindung deutlich:

> *„[D]ieser Zufall [ist], um das Mindeste zu sagen, weitaus verblüffender als das, was der [Badeaufseher] zu dem Badbesucher sagte. Wenn dies ein Glücksfall ist, ist es ein außergewöhnlicher Glücksfall."*[45]

Lewis sagt dementsprechend aus, dass Anklänge an das Christusgeschehen in außerbiblischen Schriftzeugnissen reiner Zufall sein können, diese Zufälle den Leser jedoch zum Nachdenken anregen sollten.

Was beiden Möglichkeiten gemeinsam war, war der Umstand, dass sich der Autor der vorchristlichen Quelle der Verbindung zu Jesus nicht bewusst war und sie demnach nicht beabsichtigte.

---

43 Siehe 1.3.1 („Jesus Christus in [vorchristlichen] außerbiblischen Quellen").

44 Clive Staples Lewis. Das Gespräch mit Gott: Beten mit den Psalmen. a. a. O. S. 112.

45 Clive Staples Lewis. Das Gespräch mit Gott: Beten mit den Psalmen. a. a. O. S. 113.

Demgegenüber erwähnt Lewis die Theorie der Prophetie im Sinne einer „durch ein Wunder ermöglichten Zukunftsvorhersage", die der Autor bewusst niedergeschrieben habe, um schon vor Christi Geburt einen Hinweis auf Jesus zu geben.[46] Allerdings erwähnt Lewis diese Theorie lediglich, um sich sofort davon zu distanzieren.[47]

Dennoch fährt Lewis jetzt mit einem Ansatz fort, den er auf der einen Seite von einem reinen Zufall und auf der anderen Seite von der außerbiblischen Prophetie unterscheidet. Weiterhin geht es darum, dass in einem (vorchristlichen) nichtbiblischen Schriftzeugnis etwas ausgesagt wird, „das mehr Wahrheit und Gewicht enthält, als er [der Autor der Schrift] selbst weiß".[48] Der Autor ist sich auch hier nach wie vor nicht der späteren Verbindung zu Christus bewusst.

Lewis vertritt die These, dass ein Autor mit dem Wissen seiner Zeit, kombiniert mit dem Anwenden des Wissens und dem Nachdenken darüber, zu Aussagen kommen kann, die eine Verbindung späterer Ereignisse zu diesen vergangenen Aussagen rechtfertigen.

> *„Indem er [der Autor vorchristlicher Schriftzeugnisse] etwas sagte, was bereits in die richtige Richtung ging, berührte er so bereits dieselbe Wirklichkeit, in der die vollere Wahrheit verwurzelt ist. Wenn wir also im Licht jener volleren Wahrheit [das Christusgeschehen] lesen und diese darin als Überlagerung oder zweite Bedeutung heraushören, dann stülpen wir ihnen damit nichts über, was seinem Denken fremd war. Wir setzen auch nicht willkürlich etwas hinzu. Wir denken lediglich seine Bedeutung in der Richtung weiter, die ihr entspricht. Die grundlegende Wirklichkeit hinter seinen Worten und hinter der vollen Wahrheit ist ein und dieselbe."*[49]

---

46 Ebd. Lewis gebraucht hier das Wort Prophetie als eine Vorhersage der Zukunft. Es sei allerdings darauf hingewiesen, dass der Begriff der (biblischen) Prophetie weit mehr umfasst. „Prophetie [ist] nicht in erster Linie Vorhersage der Zukunft (und vor allem nicht der fernen Zukunft), sondern vor allem Offenbarung, Warnung, Aufruf zur Buße, Ermahnung und Verheißung." Zitat aus: Thomas Kinker. Die Bibel verstehen und auslegen: Ein praktischer Hermeneutikkurs: Band 2. Verlag für Kultur und Wissenschaft: Bonn, 2003. S. 509.

47 Clive Staples Lewis. Das Gespräch mit Gott: Beten mit den Psalmen. a. a. O. S. 113. Zur Theorie der Entstehung außerbiblischer Christusverweise auf Grund außerbiblischer Prophetie siehe Punkt 2 („Exklusives und Inklusives Offenbarungsverständnis").

48 Ebd.

49 Ebd. S. 114.

Anhand eines erdachten Beispiels versucht er, diesen Ansatz zur Entstehung außerbiblischer Christusanklänge darzustellen:

> *„Ein großer Biologe erfindet, um das Verhältnis tierischer Organismen zu ihrer Umwelt zu illustrieren, ein hypothetisches Tier, das sich an eine hypothetische Umwelt anpasst. Später entdecken wir ein ganz ähnliches Geschöpf (natürlich in einer Umgebung, die große Ähnlichkeit mit der von ihm angenommenen hat). An dieser Ähnlichkeit wäre gar nichts Zufälliges. Sein Verstand und sein Wissen, nicht bloßes Glück, haben ja zu seiner Erfindung geführt. Die wahre Natur des Lebens erklärt sowohl, warum es ein solches Geschöpf im Universum gibt, als auch, warum ein solches Geschöpf in seinen Vorlesungen erwähnt wurde. Wenn wir nun seine Vorlesungen nachlesen und dabei an die Wirklichkeit denken, schmücken wir damit wiederum nicht etwas den Text mit willkürlichen Fantasie aus. Die zweite Bedeutung entspricht dem Text vollkommen.“*[50]

Der Biologe in Lewis‘ Beispiel hat auf der Grundlage seines Wissens, ohne dass er es bewusst beabsichtigt hätte, auf eine reale Sache hingewiesen, was jedoch erst durch die spätere Entdeckung bzw. das spätere Eintreffen dieser Realität erkennbar wurde. Ein zweites von Lewis erdachtes Beispiel sei zur Untermauerung zitiert:

> *„Wenn ein Mann, der nur England kennt und beobachtet hat, dass im Frühjahr der Schnee umso länger auf einem Berg liegen bleibt, je höher der Berg ist, sich daraufhin einen Berg vorstellt, der so hoch ist, dass der Schnee darauf das ganze Jahr über liegen bleibt, so wäre die Ähnlichkeit zwischen seinem ausgedachten Berg und den echten Alpen nicht bloß ein Glücksfall. Vielleicht weiß er gar nicht, dass es solche Berge in Wirklichkeit gibt; […] Doch wenn dieser Mann dann je die Alpen zu Gesicht bekommt, wird er nicht rufen: ‚Was für ein merkwürdiger Zufall!‘ Eher wird er wohl sagen: ‚Na bitte! Was habe ich euch gesagt?‘“*[51]

---

50 Ebd. S. 115.

51 Ebd. S. 117.

Für Lewis ist es vorstellbar, dass die Anklänge an das Christusgeschehen dadurch entstehen, dass die Autoren außerbiblischer Werke durch ihre Weisheit unbewusst Hinweise auf Jesus formuliert haben – Anklänge an das Jesusereignis. Bei alledem spricht er stets von einer Ähnlichkeit, nicht aber von einer Gleichsetzung! Die Ähnlichkeiten zwischen dem biblischen Zeugnis und den nichtbiblischen Schriften sollten den Leser nach Lewis jedoch aufmerksam werden lassen. Für ihn sind diese Ähnlichkeiten zwischen dem Jesus der Bibel und den Verweisen, die in anderer Literatur vorzufinden sind, „bedeutsam".[52] Bei diesen für ihn bedeutsamen Ähnlichkeiten distanziert er sich deutlich von Menschen, die diese Verbindungen heranziehen, um damit unterstreichen zu wollen, dass auch die Erzählungen rund um das Christusgeschehen eine Lüge sind.[53] Er sieht in diesen Anklängen viel mehr eine Bestätigung der Wahrheit des christlichen Glaubens. Für Lewis sind die Ähnlichkeiten Hinweise auf die Verwirklichung all dieser Anklänge im Leben, Tod und Auferstehen Jesu:

> *„Die Ähnlichkeit zwischen diesen Mythen und der christlichen Wahrheit ist genauso wenig ein Zufall wie die Ähnlichkeit zwischen Sonne und ihrem Spiegelbild in einem Teich oder wie die zwischen einem historischen Ereignis und der einigermaßen verfälschten Version davon, die sich landläufig herumspricht, oder wie die zwischen Bäumen und Hügeln der wirklichen Welt und den Bäumen und Hügeln in unseren Träumen."*[54]

Zusammenfassend ist die Entstehung von Anklängen an das Christusgeschehen in (vorchristlichen) außerbiblischen Schriftzeugnissen für Lewis etwas Natürliches. Diese Anklänge sind für ihn weder das Ergebnis außerbiblischer Prophetie noch das Produkt des Zufalls. Die dem Menschen gegebene Weisheit kann nach Lewis automatisch zu solchen Verbindungen führen, unabhängig davon, ob sich der Autor der nichtbiblischen Quellen dieser Verbindungen jemals

---

52 Ebd. S. 119.

53 Ebd. S. 117.

54 Ebd. S. 118.

bewusst wird.[55] Wie der Leser mit solchen Verbindungen umgeht, ist nach Lewis vom Leser selbst abhängig. Von Menschen, die in solchen Anklängen eine Bestätigung dafür finden, dass der christliche Glaube letztendlich ein einfaches Märchen sei, distanziert er sich genauso wie von Christen, die die Ähnlichkeiten zum Christusgeschehen in außerbiblischen Quellen darauf zurückführen, dass in ihnen der Teufel die christliche Wahrheit verfälscht habe, um die Menschen auf einen falschen Pfad zu führen. Vielmehr sieht er in solchen Verweisen die Möglichkeit zur Erbauung des Lesers; zur Bestätigung der Botschaft von Christi Tod und Auferstehung. Er bewertet demnach die gezogenen Verbindungen als etwas Positives, immer mit dem Blick darauf, dass Jesus Christus der Punkt ist, um den sich alles dreht.[56] Dennoch ist er sich auch der Gefahren bewusst, die solch ein Ansatz, die Verbindung von möglichen Anklängen an das Christusgeschehen in nichtbiblischen Schriftzeugnissen, mit sich bringt. Diese werden im Folgenden Unterpunkt dargestellt.

---

55 Auf S. 120 stellt sich Lewis die Frage, wie die antiken Autoren (u. a. *Platon*), deren Texte später mit Jesus in Verbindung gebracht wurden und auch heute noch werden, reagieren würden, wenn ihnen diese Verbindung aufgezeigt werden würde: „Es wäre keineswegs absurd, sich vorzustellen, dass Platon oder die Mythenschöpfer, wenn sie die Wahrheit erführen, sagen würden: ‚Ich verstehe … das ist es also, wovon ich eigentlich geredet habe. Natürlich. Das ist es, was meine Worte in Wirklichkeit bedeutet haben, und ich habe es nicht einmal geahnt.'"

56 Ebd. S. 118f. Dass Lewis sich bei alledem dennoch darüber im Klaren war, dass es trotz der Ähnlichkeiten auch entscheidende Unterschiede zwischen biblischen und nichtbiblischen Schriftzeugnissen gibt, macht ein Zitat aus seiner Autobiografie deutlich. Aus diesem Zitat geht darüber hinaus hervor, dass Lewis die außerbiblischen Christusverweise als Hinweise betrachtete, die am Ende in dem Jesus Christus zusammenkommen, der in der Bibel vorgestellt wird: „Ich war mittlerweile als Literaturwissenschaftler zu erfahren, um die Evangelien als Mythen zu betrachten. Sie hatten nicht das Aroma von Mythen. Und doch war der Stoff, den sie in ihre [sic!] kunstlosen, historischen Art und Weise darstellen […] genau der Stoff, aus dem die großen Mythen gemacht sind. Wenn je ein Mythos Tatsache, Fleisch geworden war, dann würde er gerade so sein wie dies.
Und es gab in der ganzen Literatur nichts, was genauso gewesen wäre. Mythen waren in einer Hinsicht ähnlich. Geschichtswerke in einer anderen. Aber nichts war einfach genauso. Und keine Person war wie die Person, die in den Evangelien geschildert wurde; so real, so erkennbar über die Kluft all jener Jahrhunderte hinweg, wie Platos Sokrates oder Boswells Johnson […], doch gleichzeitig auch numinos, bestrahlt von einem Licht von jenseits der Welt, ein Gott. Doch wenn ein Gott […], dann nicht ein Gott, sondern Gott [der christliche Gott]. Hier und nur hier [in der Person Jesus Christus] mußte der Mythos zur Tatsache, das Wort Fleisch, Gott Mensch geworden sein. Das ist weder ‚eine Religion' noch ‚eine Philosophie'. Es ist die Summe und die Tatsächlichkeit aller Religionen und Philosophien." (Clive Staples Lewis. Überrascht von Freude. a. a. O. S. 282).

1.3.3 Schwierigkeiten eines solchen Ansatzes

Lewis gibt selbst zu, dass eine Interpretation (vorchristlicher) nichtbiblischer Texte auf Jesus hin zu Problemen führen können bzw., dass eine solche Interpretation bei anderen Personen auf Kritik stößt. Einige davon hängen mit den in 1.3.2 („Das Entstehen außerbiblischer Christusverweise") genannten Punkten zusammen.[57]

Als erste Schwierigkeit erwähnt Lewis das bereits weiter oben erwähnte Problem der Eisegese. Lewis erkennt die Problematik, dass (christliche) Leser mit ihrer eigenen „Brille" oft etwas in einem Text finden, weil sie es finden wollen, nicht aber, weil es der Text tatsächlich hergeben würde. Nach Lewis „stehen der Selbsttäuschung Tür und Tor offen", wenn man solchen Interpretationsmethoden (der Interpretation auf Christus hin) folgt. Leider gibt er keine weiteren Hinweise darauf, wie dieser Problematik begegnet werden kann. Stattdessen lässt er der Schilderung des Problems den Satz folgen: „Dennoch halte ich es [...] für unmöglich, auf diese Methode gänzlich zu verzichten".[58] Lewis gibt demnach keine Lösung des Problems, will aber darauf aufmerksam machen, dass die Gefahr besteht, über das Ziel hinauszuschießen. Das Ziel besteht für Lewis darin, dass der Leser durch die Hinweise auf das Jesusereignis in außerbiblischer Literatur einen Gewinn in Form von Auferbauung und Bestätigung herauszieht.

> *„Wenn ich (ich kann ja gar nicht anders) an die Geburt Christi denke, während ich jenes Gedicht von Vergil[59] lese oder es sogar zu einem regelmäßigen Teil meiner Weihnachtslektüre mache, dann kann das durchaus ein vernünftiges und erbauliches Vorgehen sein. [...] Es gibt [...] gute Gründe dafür, nicht alle zweiten Bedeutungsebenen als Unrat hinauszukehren."*[60]

Lewis nennt noch zwei weitere Problematiken. Allerdings handelt es sich hierbei eher um Ansichten hinsichtlich der Deutung der

---

57 Zu manchen der gleich aufgeführten Problematiken siehe ebenfalls Punkt 2 („Exklusives und Inklusives Offenbarungsverständnis").

58 Clive Staples Lewis. Das Gespräch mit Gott: Beten mit den Psalmen. a. a. O. S. 111.

59 Siehe 1.3.1 („Jesus Christus in [vorchristlichen] außerbiblischen Quellen").

60 Clive Staples Lewis. Das Gespräch mit Gott: Beten mit den Psalmen. a. a. O. S. 119f.

Anklänge auf Christus hin, welche oben bereits angedeutet wurden. Wie bei der Theorie der außerbiblischen Prophetie zur Entstehung der Christusverweise erwähnt Lewis diese Schwierigkeiten bei seinem Umgang mit selbigen Verweisen (Anklängen) nur, um sie im nächsten Zug seinerseits zu negieren (in dem Sinne, dass er diesen Kritikpunkten, im Gegensatz zur Problematik der Eisegese, nicht zustimmt). Er zeigt demnach die Meinung anderer auf, um danach zu verdeutlichen, dass er eben genau auf eine andere Art und Weise mit Anklängen an das Christusgeschehen in nichtbiblischer Literatur umgeht.

Zuerst führt Lewis an, dass einige Personen die Verbindungen zwischen biblischer und nichtbiblischer Schriftzeugnisse heranziehen, um beides in ihrem Wahrheitsgehalt abzustufen; statt einer Bestätigung der Wahrhaftigkeit der biblischen Erzählungen um die Person Jesus sehen sie außerbiblische Ähnlichkeiten als einen Hinweis, welcher rechtfertigt, auch die biblischen Geschichten als reine Mythenerzählung zu betrachten. Diese Schlussfolgerung ist das genaue Gegenteil von dem, was Lewis aus diesen Anklängen herauszieht: Eine Bestätigung des Christusgeschehens.

Danach kommt Lewis auf einen Punkt zu sprechen, welcher ihm in christlichen Kreisen begegnet ist. Auch hier wird seine Herangehensweise in das Gegenteil verkehrt: Lewis sieht außerbiblische Anklänge als einen Hinweis, der die Menschen am Ende zu Christus führen soll.[61] Allerdings sehen einige Christen solche Verweise in nichtbiblischer Literatur

> *„als das unmittelbare Werk des Teufels. […] Der Teufel hat von Anfang an versucht, die Welt mit Lügen in die Irre zu führen. Wie alle geschickten Lügner macht er seine Lügen der Wahrheit so ähnlich, wie er nur kann. […] [E]r äfft immerzu Gott nach. Die Ähnlichkeit zwischen Adonis[62] und Christus ist also […] die Ähnlichkeit, die zwischen Fälschung und echtem Kunstwerk,*

61 Vergleich Anmerkung 56.

62 Phönizisch-syrischer Fruchtbarkeits- und Vegetationsgott, der dem Mythos nach sowohl auf der Erde als auch in der Unterwelt umherzog. Vgl. Johannes Irmscher (Hrsg.). Lexikon der Antike. a. a. O. S. 13.

zwischen Parodie und Original, zwischen Perlenimitaten und Perlen nur zu erwarten ist.“[63]

Lewis sah diese Ansicht vor allem durch alte Kirchenväter vertreten, die darauf aufbauend dem heidnischen (außerbiblischen) Schrifttum sehr kritisch gegenüberstanden.[64] Dieser Ansicht stellt Lewis dann seine Herangehensweise gegenüber, die nicht von einer direkten Verfälschung durch den Teufel ausgeht, sondern die Christusverweise als Möglichkeit zur Anknüpfung ansieht; als Gedanken, die den Autoren der nichtbiblischen Literatur vor Christus unbewusst über ihre eigenen Gedanken hinaus mitgegeben wurden.[65]

Lewis weist auf die Gefahr der Überinterpretation hin, die sein Ansatz „Mehrschichtiger Bedeutungen“ mit sich bringt. Doch gleichzeitig verteidigt er seinen Ansatz und ermutigt dazu, in nichtbiblischen Quellen nach Anklängen an das Jesusereignis zu suchen. Dies tut er vor allem auf Grundlage des durch ihn angeführten Beispiels des gerechten Mannes bei *Platon*. Da Lewis mehrfach auf dieses Beispiel eingeht, um seinen Ansatz zu bekräftigen, soll dieses Beispiel nun näher beleuchtet werden.

1.4 *Platons* gerechter Mann

Bevor die Interpretation von *Platons* gerechtem Mann bei Lewis in Verbindung mit dem Christusgeschehen dargestellt wird, soll zunächst eine Übersicht über den Inhalt von *Platon*s Werk *Der Staat* (Original Πολιτεία) gegeben werden und in diesem Zusammenhang speziell eine Zusammenfassung des Abschnitts darin, in dem der wahrhaft Gerechte vorzufinden ist. Darauf aufbauend folgt eine Wiedergabe der Interpretation Lewis‘, die diese Stelle mit Jesus Christus in Verbindung setzt. Abschließend sollen andere Autoren zu Wort kommen, die ebenfalls Ähnlichkeiten zwischen *Platons*

63 Clive Staples Lewis. Das Gespräch mit Gott: Beten mit den Psalmen. a. a. O. S. 118.

64 Siehe dazu speziell Punkt 2.2 („Kritik an außerbiblischen Christusanklängen“).

65 Vgl. S. 120. An dieser Stelle zitiert Lewis den Anglikaner John Keble, der in einem Gedicht über nichtchristliche Dichter Folgendes schrieb: „Gedanken über ihre Gedanken hinaus wurden jenen hohen Barden gegeben.“

gerechten Mann und dem Christusgeschehen erkannt haben, um festzustellen, ob diese diesen Anklang an Christus ähnlich bewerten wie Lewis oder nicht.

1.4.1 Der wahrhaftig Gerechte in *Platons Der Staat*[66]

Wahrscheinlich um das Jahr 370 v. Chr. vollendete der bedeutende griechische Denker *Platon*[67] sein philosophisches Werk *Der Staat* („*Politeia*"), in welchem er innerhalb von zehn Büchern seine Idealvorstellungen eines wirklich gerechten Staates zum Ausdruck bringt.[68] Er lässt dies in Form eines Gespräches zwischen verschiedenen Männern geschehen. Im Mittelpunkt steht dabei der als Hauptredner fungierende Lehrer *Platons*: *Sokrates*[69].

Sokrates unterhält sich im Laufe der *Politeia* mit diversen Personen über unterschiedliche Themen. Relativ schnell kristallisiert sich dabei ein Hauptthema heraus. Es geht um die Frage des Wesens der Gerechtigkeit.[70] Diese Frage bestimmt den gesamten weiteren Verlauf des Werkes, welches später spezifischer der Frage nach der

---

66 Die Arbeit folgt der Übersetzung von Otto Apelt: Platon. Der Staat. Anaconda: Köln, 2010.

67 Der einflussreiche und bis heute mit seinen Ideen nachwirkende Philosoph *Platon* wurde 427 v. Chr. in eine Adelsfamilie in Athen hineingeboren. Er gilt als ein Schüler des *Sokrates* und Begründer der Philosophie des „objektiven Idealismus". *Platon* setzte sich überwiegend mit der Frage auseinander, wie ein perfekter Staat aussehen kann. Die Staaten seiner Zeit sah er alle als unvollkommen und von Fehlern gekennzeichnet an. Diesem Umstand wollte er entgegentreten und gründete darauf aufbauend eine Akademie, die der Ausbildung von Politikern und Philosophen diente, die einen Staat führen sollten, welcher für jeden Einzelnen gut und gerecht sei. Innerhalb seiner vierzigjährigen Lehrtätigkeit an seiner selbst aufgebauten Akademie entstanden zahlreiche Schriften, die Einblicke in sein eigenes Denken, aber auch in das Denken und Leben seines Lehrers *Sokrates* geben. *Platon* starb 347 v. Chr. Er ist und bleibt einer der größten Denker der vorchristlichen (griechischen) Philosophie. Siehe zu *Platon*: Walther Kranz. Griechische Philosophie. Anaconda: Köln, 2019. S. 143–144 (Einblicke in sein Denken darüber hinaus in ebd. S. 138–211). Vgl. ebenso in Johannes Irmscher (Hrsg.). Lexikon der Antike. a. a. O. S. 454f.

68 Vgl. Platon. Der Staat. a. a. O. Klappentext.

69 *Sokrates* (470–399 v. Chr.) war ein griechischer Philosoph, der mit seinen Lehren viele nachfolgende Dichter und Denker (u. a. *Platon*) stark beeinflusste. *Sokrates* lehrte in mündlicher Form, weshalb es seinen Schülern, die seine Lehren schriftlich festgehalten haben, zu verdanken ist, dass seine Gedanken heute überhaupt noch nachvollziehbar sind. Er gilt als einer der „ganz Großen dieser Welt, die ihr Wesen und Denken allein im gesprochenen Wort, nicht im geschriebenen entfaltet und dennoch eine unübersehbare Wirkung hervorgerufen haben. Zu uns redet er daher nur noch durch andere". Walther Kranz. Griechische Philosophie. a. a. O. S. 112f.

70 Platon. Der Staat. a. a. O. S. 13.

Gerechtigkeit innerhalb des Staates nachgeht.[71] Zuerst jedoch geht es um die Definition des Begriffes an sich (Buch I von *Der Staat*). *Platon* lässt hierbei mehrere Definitionen durch die Gesprächspartner des *Sokrates* vortragen. *Sokrates* übernimmt darauf aufbauend die Rolle eines Gegensprechers, der die vorgetragenen Definitionen in einigen Punkten positiv würdigt, diesen aber ebenso Dinge entgegensetzt, die anderen Punkten der jeweiligen Definition widersprechen. Dadurch kommt es zu einer Ansammlung vieler Merkmale des Wesens der Gerechtigkeit, nicht aber zu einer eindeutigen Definition derselbigen.[72]

Im zweiten Buch[73] tritt ein Mann namens *Glaukon* zum Gespräch hinzu. Nachdem die beteiligten Personen sich darauf geeinigt haben, dass Gerechtigkeit etwas Gutes sei, stellt dieser die Frage in den Raum, weshalb der Mensch nach Gerechtigkeit streben sollte.[74] *Sokrates* gibt darauf zur Antwort: Um ihrer [der Gerechtigkeit] selbst und ihrer Folgen willen. Gerechtigkeit muss „von jedem geliebt werden [...], der glücklich sein will".[75] *Glaukon* hinterfragt nun diese Ansicht des *Sokrates*. Sollte das Streben nach Gerechtigkeit, wie *Sokrates* behauptet, zum Glücklichsein führen, so müsste die Mehrheit der Menschen auch in der Praxis tatsächlich der Gerechtigkeit nacheifern. Allerdings beobachtet *Glaukon*, dass es in der Wirklichkeit mehr Menschen gibt, die „der Ungerechtigkeit den Preis geben vor der Gerechtigkeit".[76] In seinen Ausführungen beschreibt *Glaukon*, wie es dazu gekommen ist.[77]

Um seine Ziele[78] zu erreichen, orientiert sich der Gerechte nach *Glaukon* bei seinem Tun an den von der Obrigkeit vorgegebenen Gesetzen, die festlegen, was gerecht (bzw. was richtig) ist und was

---

71 Ebd. ab S. 74.

72 Ebd. S. 13–56.

73 Ebd. S. 57–100.

74 Ebd. S. 57f.

75 Ebd. S. 58.

76 Ebd. S. 64.

77 *Glaukon* selbst stimmt der von ihm vorgetragenen Meinung nicht zu, sondern gibt nur die Meinung anderer wieder, um zu schauen, wie *Sokrates* darauf reagiert. Ebd. S. 59.

78 Leider werden keine spezifischen Ziele von *Glaukon* genannt. Er nutzt lediglich Oberbegriffe wie „Bestrebungen" oder vereinzelt auch „Begierden". Ebd. S. 59–65.

nicht. Diese Gesetze jedoch schränken den Gerechten in seinem Tun ein und erfordern an einigen Stellen mehr Aufwand auf dem Weg zu seinem Ziel. Der Ungerechte hingegen ignoriert diese Gesetze, um seine Ziele zu erreichen. Wenn nun der Gerechte sieht, dass der Ungerechte trotz der Nichtbeachtung der Gesetze seine Ziele erreicht, so wird er das Ungerechte als etwas Nützlicheres einstufen als die Gerechtigkeit, denn durch die Ungerechtigkeit kommt man mit weniger Aufwand schneller an das gewünschte Ziel.[79] Nach der Meinung der Mehrheit, so *Glaukon*, strebt ein Mensch am Ende nicht nach Gerechtigkeit um der Folgen und des Glücklichseins willen, sondern nur „um in den Augen der Welt gut dazustehen".[80] Wenn der Ungerechte jedoch nicht bei seinem Unrechttun erwischt wird, hat er auch nicht zu befürchten, dass er in den Augen der Welt schlecht dasteht. Daraus entsteht folgende Maxime: *Das Tun des Ungerechten führt mich schneller an mein Ziel, ich darf mich nur nicht dabei erwischen lassen! Es geht darum,* „gerecht [zu] scheinen, ohne es zu sein"*!* Der wahrhaft Ungerechte lebt ein gutes Leben, solange sein Ungerechtsein nicht aufgedeckt wird. Bei alledem erscheint er zwar als wahrhaft gerechter Mensch, ist es aber nicht.[81]

Diesem Gedanken stellt *Glaukon* eine andere Überlegung gegenüber: Wenn das die Maxime des Ungerechten ist („gerecht scheinen, ohne es zu sein"), was bedeutet das für eine Maxime des Gerechten? Wie sieht der wahrhaft gerechte Mann aus? Die Antwort nach *Glaukon*: Ungerecht scheinen, ohne es zu sein. Der wahrhaft Gerechte

> *„soll […] mit dem größten Schein der Ungerechtigkeit umgeben sein, damit er die volle Probe der Gerechtigkeit abgelegt habe dadurch, daß üble Nachrede und deren Folgen seinen starren Sinn nicht im geringsten beugen; nein, unwandelbar soll er bleiben bis zu seinem Tode, dem Scheine nach ungerecht sein Leben lang, in Wahrheit aber gerecht".*[82]

79 Ebd. S. 60–62.

80 Ebd. S. 58.

81 Ebd. S. 63.

82 Ebd. S. 63f.

Nach dieser Gegenüberstellung des wahrhaft Ungerechten als *scheinbar* Gerechtem und dem wahrhaft Gerechten als *scheinbar* Ungerechtem und der eingangs erwähnten Antwort des *Sokrates* (Streben nach Gerechtigkeit um des Glücklichseins willen) stellt *Glaukon* die Frage, wer von den beiden dargestellten Menschen denn tatsächlich glücklicher sei: Der wahrhaft Ungerechte oder der wahrhaft Gerechte? Er schaut sich dafür die Folgen im Leben des jeweiligen Mannes an. Bei dem gerechten Mann kommt er dabei zu folgendem Ergebnis:

> *„[B]ei solcher Gemütsverfassung [ungerecht scheinen, ohne es zu sein] wird der Gerechte gegeißelt, gefoltert, in Ketten gelegt und geblendet werden an beiden Augen und schließlich wird er nach allen Martern noch ans Kreuz geschlagen und so zu der Einsicht gebracht werden, daß es nicht das Richtige ist, gerecht* sein *zu wollen, sondern es* scheinen *zu wollen.“*[83]

1.4.2 „Mehrschichtige Bedeutung“ des gerechten Mannes

In der Beschreibung des Lebens des wahrhaft Gerechten, wie sie in dem zuletzt genannten Zitat aus *Platons Politeia* begegnet, sieht Lewis eine „Mehrschichtige Bedeutung“. War es ursprünglich, in der ersten Schicht, nur ein „Gedankenspiel“ *Platons*, so ist dieses „Gedankenspiel“ nach Lewis in Jesus Christus Wirklichkeit geworden; eine weitere Bedeutungsschicht trat hinzu.[84] Wo sieht Lewis in dieser Beschreibung eines wirklich gerechten Menschen einen Anklang an Jesus?

Für Lewis ist die Verbindung zwischen Jesus Christus und dem Gerechten für jeden Christen eindeutig erkennbar. Nach einer kurzen Paraphrasierung der Darstellung des „vollkommen gerechten Menschen“ bei *Platon*[85] schreibt er:

---

83 Ebd. S. 64 (*Hervorhebungen* im Original). Da die weiteren Ausführungen und Inhalte der *Politeia* für diese Arbeit unwichtig sind, endet an dieser Stelle die Darstellung von *Platons Der Staat*.

84 Clive Staples Lewis. Das Gespräch mit Gott: Beten mit den Psalmen. a. a. O. S. 148.

85 Siehe das Zitat weiter oben (Anmerkung 83).

„An dieser Stelle zuckt ein christlicher Leser natürlich zusammen und reibt sich die Augen. Was ist denn da los? […] Platon spricht […] davon, wie es dem Guten in einer bösen und verständnislosen Welt ergehen muss. Das aber ist nicht einfach etwas anderes als die Passion Christi. Es ist genau das, wovon jene Passion das höchste Beispiel ist.“[86]

Das Leben des Gerechten bei *Platon* endet in Geißelung und Folter; in Ketten und Marter und schlussendlich mit dem Tod am Kreuz. Diese Punkte sind die Anknüpfungspunkte, die Anklänge, die Lewis mit dem Christusgeschehen in Verbindung bringt. Denn Jesus, der als der Gerechte schlechthin gilt, wurde gegeißelt, in Ketten gelegt, gemartert und am Ende an das Kreuz geschlagen, an dem er den Tod eines Verbrechers, eines Ungerechten, stirbt, obwohl er selbst gerecht war und ist. Seinem Tod nach erscheint er als Ungerechter, doch sein Leben zeugt von ihm als wahrhaft Gerechtem.[87] Jesus entspricht damit nach Lewis genau dem, was *Platon* circa 400 Jahre vor Christi Tod bereits in einem Gedankenexperiment zum Ausdruck brachte. Diese Verbindung zwischen *Platons* gedanklichem Gerechten und Jesus als reellem Gerechten ist für Lewis kein Zufall.[88] *Platon* dachte darüber nach, was passieren würde, wenn in die böse Welt eine vollkommen gute Person eintreten würde. Seine eigenen Gedanken brachten ihn dabei zu der Antwort, dass diese Person Ablehnung erfahren würde, welche im Tod endete.

„Wenn Platon also, […] von seiner Einsicht in das Wesen des Guten und die Natur der Welt, dahin geführt wurde, sich die Möglichkeit eines vollkommenen Beispiels dafür auszumalen und so etwas zu schildern, was größte Ähnlichkeit mit der

---

86 Clive Staples Lewis. Das Gespräch mit Gott: Beten mit den Psalmen. a. a. O. S. 116.

87 Jesu Todesgeschichte ist nachzulesen bspw. im Evangelium nach Lukas Kapitel 23. Der Präfekt Pontius Pilatus betont kurz vor Christi Verurteilung noch einmal: „Ich […] habe an diesem Menschen [Jesus] keine Schuld gefunden“ (Lukas 23,14b; Elberfelder Übersetzung). Trotz der vollkommenen Unschuld Jesu stirbt er freiwillig den Verbrechertod. Vor dem Kreuz, an dem Jesus hing, bezeugt ein römischer Hauptmann darüber hinaus: „Wirklich, dieser Mensch [Jesus] war gerecht.“ (Lukas 23,47b; Elberfelder Übersetzung). Siehe auch 1. Johannes 2,1b; Elberfelder Übersetzung: „[W]ir haben einen Beistand bei dem Vater: Jesus Christus, den Gerechten.“.

88 Siehe dazu auch 1.3.2 („Das Entstehen außerbiblischer Christusverweise“).

Passion Christi hatte, dann geschah dies nicht, weil er Glück hatte, sondern weil er weise war."[89]

Lewis weist selbst darauf hin, dass *Platon* seine Überlegungen nicht mit dem bewussten Blick auf den später kommenden Christus niedergeschrieben hat und dementsprechend in keinem Leser aus vorchristlicher Zeit durch *Platons* Gedanken die Erwartung des Erscheinen eines solchen Gerechten hervorgerufen wurde. *Platon* ahnte nicht, dass seine Idee des Gerechten „mehr Wahrheit und Gewicht enthält, als er selbst weiß" und dass sein „Gedankenspiel [...] Wirklichkeit werden [sollte]".[90] Doch durch die Geschehnisse 400 Jahre später und die dadurch hinzugewonnenen Informationen, tritt nach Lewis diese Bedeutungsebene mit dem Blick auf Jesus zu *Platons* Text hinzu, ohne dass der Leser damit den Text verfälscht. Die Anknüpfung zum Christusgeschehen entspricht der ursprünglichen Bedeutung und ergänzt diese, indem sie sagt: *Hier ist ein Anklang an das spätere Jesusereignis zu finden.*[91]

Darüber hinaus stellt Lewis die These auf, dass auch *Platon* selbst, hätte er das Leben und Sterben Christi miterlebt, diese Verbindung zwischen seinem gedachten Gerechten und dem späteren Jesus gezogen hätte.[92]

Es ist nach Lewis demnach nicht nur legitim, sondern ebenso natürlich, wenn ein Christ eine Verbindung zwischen *Platons* vorchristlichen Gedanken des gerechten Menschen und Jesus sieht. Wichtig ist dabei jedoch, dass diese Verbindung erst durch die später hinzugetretenen Informationen rund um die Person Jesu gekommen ist. Der Anklang an das Christusgeschehen ist hier nicht eine vorchristliche Prophetie. Sie ist für Lewis vielmehr eine Bestä-

89 Clive Staples Lewis. Das Gespräch mit Gott: Beten mit den Psalmen. a. a. O. S. 116f.

90 Ebd. S. 113. 148.

91 Vgl. ebd. S. 115.

92 Ebd. S. 120. Das vollständige Zitat hierzu findet sich in dieser Arbeit unter Anmerkung 55.

tigung im Nachhinein; nicht der Beweis des Jesusereignisses, aber dennoch ein Anknüpfungspunkt.[93]

1.4.3 Zustimmung und Kritik

Wenn ein einzelner Autor einen Bezug zwischen dem gerechten Mann bei *Platon* und Jesus Christus herstellt, dann kann diese Verknüpfung leicht auf Skepsis stoßen. Allerdings ist Lewis nicht der einzige Mensch, der eine solche Verbindung zieht. Ihm seien deshalb im Folgenden einige Ansichten und Aussagen zur Seite gestellt, welche die zweite Bedeutungsschicht bei *Platons* Text nach Lewis untermauern. Gleichzeitig sollen dabei einige Kritikpunkte dieses Ansatzes bzw. dieser Verknüpfung nicht unerwähnt bleiben.

Eine bekannte Persönlichkeit, die ebenfalls eine Verbindung zwischen dem gedanklichen Gerechten und Jesus Christus sieht, ist der emeritierte Papst Benedikt XVI. (Joseph Ratzinger). Allerdings zieht Ratzinger nicht direkt zwischen *Platons* Überlegungen und Jesus Christus eine Verbindung, sondern baut noch eine

93 Vgl. ebd. S. 113. Lewis zog auch darüber hinaus Verbindungen zwischen *Platons* Lehren und dem christlichen Glauben. In demselben Buch, *Das Gespräch mit Gott: Beten mit den Psalmen*, verknüpft er auf S. 150 eine Stelle aus dem zweiten Petrusbrief (2. Petrus 3,8; Elberfelder Übersetzung: „Dies eine aber sei euch nicht verborgen, Geliebte, dass beim Herrn ein Tag ist wie tausend Jahre und tausend Jahre wie ein Tag.“) mit der Lehre *Platons* über die „Zeitlosigkeit als einer ewigen Gegenwart“. Lewis meint, dass der christliche Glaube mit diesem Bibelvers endgültig die Vorstellung Gottes als einen außerhalb der Zeit stehenden Gott erreicht, welche im Alten Testament nach C. S. Lewis Meinung nur angedeutet wurde (ebd.). Diesen Gedanken hatte bereits *Platon* (ebd.). (Das Lewis weitere Verknüpfungen zwischen den Lehren *Platons* und dem christlichen Glauben knüpfte, machen auch andere Werke von ihm deutlich. In dem letzten Band seiner *Chroniken von Narnia* begegnet die Person Digory dem Löwen Aslan. In den Werken rund um die fiktive Welt Narnia stellt Aslan Jesus dar. In dem Buch *Der letzte Kampf* bekommt Digory einen weiteren Einblick in das Denken und Wesen Aslans und damit einen weiteren Einblick in das Leben Jesu. Digory sagt darauf: „Ihr findet das alles schon bei dem Philosophen Platon, alles steht schon bei Platon. Du lieber Himmel, was lehren sie bloß an diesen Schulen!“ [Clive Staples Lewis. Der letzte Kampf: Die Chroniken von Narnia Band 7. Carl Ueberreuter: Wien, 2004. S. 153.] Gerade der letzte Teil des Zitates verdeutlicht, dass Lewis gewissermaßen schon dazu auffordert, Anklänge an das Christusgeschehen in [vorchristlichen] außerbiblischen Schriftzeugnissen zu suchen.).

Zwischenbrücke ein: Das apokryphe Buch *Weisheit*.[94] Dort heißt es in Kapitel 2 Vers 10 (Einheitsübersetzung [2016]): „Lasst uns den Gerechten unterdrücken"; in Vers 12: „Lasst uns dem Gerechten auflauern" und in Vers 19f.: „Durch Erniedrigung und Folter wollen wir ihn [den Gerechten] prüfen [...] Zu einem ehrlosen Tod wollen wir ihn verurteilen". In Kapitel 2 des Buches *Weisheit* werden die Gedanken von „Gottlosen" (vgl. Kap 1 Vers 16) wiedergegeben. Sie überlegen, wie sie mit einem wahrhaft Gerechten umgehen würden. Das Buch *Weisheit, Platons Der Staat* und das Christusgeschehen gleichzeitig betrachtend, schreibt Ratzinger:

> *„Wir dürfen hinzunehmen, dass das Weisheits-Buch möglicherweise Platons Gedankenexperiment aus seinem Werk über das Staatswesen kannte, in dem er [Platon] die Idee durchspielt, wie es dem vollkommen Gerechten in dieser Welt gehen müsse, und zu dem Ergebnis kommt, er werde gekreuzigt werden [...] Das Weisheits-Buch hat vielleicht diesen Gedanken des Philosophen aufgenommen, ihn ins Alte Testament eingefügt, und nun weist er direkt auf Jesus hin."*[95]

Den Anklang an das Jesusereignis sieht und betont auch Ratzinger, der allerdings einen kleinen Schritt weiter geht als Lewis. Nach Ratzinger wäre es denkbar, dass *Platons* Äußerungen dem Autor des apokryphen Buches *Weisheit* bekannt waren und er diese übernahm. Durch die Einbettung der Gedanken *Platons* in ein alttestamentliches Buch scheint die Ähnlichkeit zwischen *Platons* Gerechten und Jesus für Ratzinger eine noch stärkere Gewichtung zu bekommen. Ob Ratzinger den Schritt gehen würde, diese Verbindung als eine außer-

94 Als Apokryphen (von griech. ἀπόκρυφος *apọkryphos* = „versteckt"/„verborgen") werden seit ungefähr 400 n. Chr. die Bücher des Judentums bezeichnet, die zwischen den Schriften des Alten und Neuen Testaments entstanden sind. Deshalb werden sie gelegentlich auch „Spätschriften des AT" genannt. Spätestens seit der Bibelübersetzung Martin Luthers gehören sie jedoch in den meisten christlichen Kreisen nicht zum offiziellen biblischen Kanon. Siehe dazu u. a.: Fritz Rienecker/Gerhard Maier (Hrsg.). Lexikon zur Bibel: Mehr als 6000 Stichworte zu Personen, Geschichte, Archäologie und Geographie der Bibel. R. Brockhaus Verlag: Wuppertal, 2005[5]. S. 103. Zu avpo,krufoj: Gustav Eduard Benseler. Griechisch-Deutsches Schul-Wörterbuch. a. a. O. S. 91.

95 Joseph Ratzinger (Benedikt XVI.). Jesus von Nazareth: Band II: Vom Einzug in Jerusalem bis zur Auferstehung. Herder: Freiburg, 2011. S. 234.

biblische Prophetie zu bezeichnen, geht aus dem Gesagten nicht hervor und wäre vermutlich eine Überspitzung seiner Gedanken, doch es entsteht der Eindruck, dass er sie etwas höher wertet als Lewis. Was bei beiden bleibt, ist die Quintessenz: *Es gibt eine deutliche und nicht zu ignorierende Ähnlichkeit zwischen Platons Gerechten und Christus. Diese Ähnlichkeit ist, um es mit Lewis' Worten zu sagen,* „aus der Sicht aller bedeutsam".[96]

Der katholische Systematiker Jan-Heiner Tück schrieb in der *Neuen Zürcher Zeitung* 2017 einen Artikel mit dem Titel *Der gekreuzigte Gerechte.*[97] In diesem Artikel stellt er die Verbindung zwischen *Platons* Gerechten und dem Christusgeschehen dar. Er beginnt seinen Artikel sogar mit der Frage: „Hat der griechische Philosoph [Platon] das Evangelium vorweggenommen?"[98]

Tück geht auf eine ähnliche Art und Weise vor wie Lewis. Auch er betont, dass der mehrschichtige Sinn von *Platons* Text erst nach dem Leben Jesu hervortrat:

> *„Es gibt Texte, die ein Sinnpotential in sich tragen, das den Zeitgenossen verschlossen bleibt und erst Jahrhunderte später freigelegt wird. In der ersten Hälfte des 4. Jahrhunderts vor Christus ist ein solcher Text in Athen geschrieben worden, der lange dunkel schien und kaum beachtet wurde, bevor er die frühen Christen elektrisierte, die darin einen Vorverweis auf das Leiden und Sterben Jesu ausgesprochen sahen."*[99]

Gemeint ist an dieser Stelle jener Text *Platons* über den gerechten Mann. Tück weist dann zwar einerseits darauf hin, dass „eine solche Lesart [heute als] kühn erscheinen und als Akt christlicher Vereinnahmung abgelehnt werden [mag]", doch gleichzeitig hält er daran fest, dass „eine christliche Deutung" bezüglich der Passage aus *Platons*

---

96 Clive Staples Lewis. Das Gespräch mit Gott: Beten mit den Psalmen. a. a. O. S. 119.

97 Jan-Heiner Tück. „Der gekreuzigte Gerechte" in: Neue Zürcher Zeitung. Neue Zürcher Zeitung AG: Zürich, 2017. https://www.nzz.ch/feuilleton/hat-platon-das-evangelium-vorweggenommen-der-gekreuzigte-gerechte-ld.1085775 (12.01.2021).

98 Ebd.

99 Ebd.

Der Staat durchaus möglich ist.[100] Darüber hinaus verdeutlicht der Artikel, dass in der Vergangenheit sehr viele Menschen diese Verbindung gezogen haben. Tück erwähnt unter anderem den im dritten Jahrhundert wirkenden *Clemens von Alexandrien*, der den gekreuzigten Gerechten bei *Platon* als „Vorausbild" auf Christus ansah und darüber hinaus die Stelle *Platons* herannahm, um das Leiden der Märtyrer um Christi willen zu erklären.[101]

Lewis ist demnach nicht allein mit der „Mehrschichtigen Bedeutung", die er in *Platons* Gedanken sah. Vielmehr gab und gibt es Menschen, welche die Verbindung möglicherweise sogar stärker werten würden als er (Ratzinger und *Clemens von Alexandrien*).[102]

Nach diesen (C. S. Lewis unterstützendenden) Beiträgen sollen im Folgenden einige Kritikpunkte erwähnt werden. Der Aspekt der Eisegese durch christliche Leser soll an dieser Stelle nicht wiederholend betrachtet werden. Es sei diesbezüglich auf 1.3.3 („Schwierigkeiten eines solchen Ansatzes") zurückverwiesen.

Begonnen werden soll mit einem Punkt, der sowohl bei Jan-Heiner Tück als auch bei Lewis selbst mit erwähnt wird: Der Blick des *Platon* auf *Sokrates*. Was ist damit gemeint?

Es wird zum Teil angenommen, dass *Platon* seine Lehren immer mit dem Verweis auf *Sokrates* vermittelte. *Sokrates* war für *Platon* das Ideal, dem es nachzueifern galt. Diese These wird unter anderem dadurch gestützt, dass *Platon* in seinen Werken „niemals selbst das Wort ergreift, sondern an Seiner Statt immer nur Sokrates".[103] Aufbauend auf dieser Annahme wird nun auch der Gerechte in der *Politeia* als Hinweis auf das Schicksal des wahrhaft gerechten *Sokrates*

---

100 Ebd.

101 Er tat dies in Verbindung mit 1. Korinther 4,9–13 (Elberfelder Übersetzung): „Denn […] wir sind der Welt ein Schauspiel geworden, sowohl Engeln als auch Menschen. Wir sind Narren um Christi willen, […] wir [sind] schwach, […] wir [sind] verachtet. Bis zur jetzigen Stunde leiden wir sowohl Hunger als auch Durst und sind nackt und werden mit Fäusten geschlagen und haben keine bestimmte Wohnung und mühen uns ab und arbeiten mit unseren eigenen Händen. Geschmäht, […] verfolgt, […] gelästert, […] wie Unrat der Welt sind wir geworden, ein Abschaum aller bis jetzt."

102 Tück erwähnt in seinem Artikel Ernst Benz, der 1950 einen Beitrag mit dem Titel *Der gekreuzigte Gerechte bei Plato, im Neuen Testament und in der alten Kirche* schrieb, der sich ebenfalls mit der Thematik befasst. Er ist teilweise einzusehen und zusammengefasst auf: http://www.thlz.com/seiten/1952/220/40623/?inhalt=heft%3D1952 %23r192 (28.10.2020).

103 Vgl. dazu v. a. Walther Kranz. Griechische Philosophie. a. a. O. S. 142.

verstanden, womit sich das Gedankenexperiment *Platons* bereits lange vor Christi Kreuzestod bewahrheitet hätte.[104] Allerdings weist Tück zu Recht auf eine Problematik hin, die sich mit dieser These ergibt: *Sokrates* starb nicht den in *Platons* Ausführungen erwähnten Kreuzestod, sondern durch die Einnahme des Schierlingsbechers[105], was die Verbindung zwischen dem gedanklichen Gerechten und dem reellen *Sokrates* erschwert, zumal *Platon* seine Schriften *nach* dem Tod des *Sokrates* verfasste und demnach wusste, dass *Sokrates* durch den Schierlingsbescher und nicht durch das Kreuz starb.[106] Tück stellt dazu die Frage: „Wenn Sokrates als Prototyp des leidenden Gerechten galt, warum sagte Platon dem vollkommenen Gerechten dann dennoch den Tod am Kreuz voraus?“ [107] Auch Lewis geht auf den Punkt der eigentlichen Idealdarstellung des *Sokrates* bei *Platon* ein, nutzt diesen Verweis aber als weiteren Anknüpfungspunkt zum Christusgeschehen. Er schreibt:

> *„Falls Platons Motiv, darüber [über das Schicksal eines wahrhaft Gerechten] zu schreiben, zum Teil von dem kürzlichen Tod – wir könnten fast sagen, vom Martyrium – seines Lehrers Sokrates bestimmt war, dann wäre auch dies wiederum nicht einfach etwas anderes als die Passion Christi. Die zwar unvollkommene, aber doch sehr ehrwürdige Güte des Sokrates führte zu seinem leichten Tod durch den Schierlingsbecher, und die vollkommene Güte Christi führte zu dessen Tod am Kreuz“* [108]

Lewis sieht diesen Kritikpunkt dementsprechend nicht als Kritik, sondern vielmehr als zusätzliche Bestätigung seines Vorgehens. Gerade der entscheidende Unterschied zwischen dem Tod durch

---

104 Vgl. Jan-Heiner Tück. „Der gekreuzigte Gerechte“. a. a. O. https://www.nzz.ch/feuilleton/hat-platon-das-evangelium-vorweggenommen-der-gekreuzigte-gerechte-ld.1085775 (12.01.2021).

105 Schierling ist ein giftiges, zum Tode führendes Kraut. Siehe u. a. in: Beate Varnhorn/Anke Braun u. a. (Hrsg.). Das aktuelle wissen.de Lexikon in 24 Bänden: Band 19. Wissen Media Verlag: Gütersloh/München, 2004. S. 204.

106 Siehe u. a. bei Walther Kranz. Griechische Philosophie. a. a. O. S. 136. 142f.

107 Jan-Heiner Tück. „Der gekreuzigte Gerechte“. a. a. O. https://www.nzz.ch/feuilleton/hat-platon-das-evangelium-vorweggenommen-der-gekreuzigte-gerechte-ld.1085775 (12.01.2021).

108 Clive Staples Lewis. Das Gespräch mit Gott: Beten mit den Psalmen. a. a. O. S. 116.

den Schierlingsbecher und der bei *Platon* erwähnten Kreuzigung des wahrhaft Gerechten würde darüber hinaus den Ansatz unterstützten, die Passage aus der *Politeia* eher auf Christus als auf *Sokrates* zu beziehen.

Dass Lewis mit der oben zitierten Argumentation nicht allein ist, bezeugt Tück in seinem Artikel *Der gekreuzigte Gerechte*:

> *„Der Athener Philosoph [Sokrates] ist nicht gekreuzigt worden. Als freier Bürger der Stadt hat er den Schierlingsbecher getrunken. Das hat er gefasst und im Kreis seiner Schüler getan, obwohl er hätte fliehen und ins Exil gehen können. Die freie Annahme des Todes verbindet ihn mit Jesus, der sein bevorstehendes Leiden beim letzten Abendmahl gedeutet hat.“* [109]

Noch ein weiterer Kritikpunkt soll angeführt werden. Um ihn zu verdeutlichen, wird an dieser Stelle das Zitat *Platons* aus seinem Werkt *Der Staat* erneut wiedergegeben, welches in den vorangehenden Seiten untersucht wurde.

> *„[B]ei solcher Gemütsverfassung [ungerecht scheinen, ohne es zu sein] wird der Gerechte gegeißelt, gefoltert, in Ketten gelegt und geblendet werden an beiden Augen und schließlich wird er nach allen Martern noch ans Kreuz geschlagen und so zu der Einsicht gebracht werden, daß es nicht das Richtige ist, gerecht* sein *zu wollen, sondern es* scheinen *zu wollen.“* [110]

Es stimmt, dass der überwiegende Teil dieser Aussagen im Leben von Jesus tatsächlich geschah: Folter, Marter und der Höhepunkt des Verbrechertodes am Kreuz. Allerdings dürfen die anderen Inhalte des Textes nicht einfach ausgeblendet werden. Weder ist es überliefert, dass Christus geblendet wurde, noch hat die Kreuzigung Jesus zu der Einsicht gebracht, dass das Gerecht-*scheinen* höher zu werten sei als das Gerecht-*sein*. Im Gegenteil wird das Gerecht-*scheinen* im Neuen Testament, und damit in der Lehre des christlichen Glaubens,

---

109 Jan-Heiner Tück. „Der gekreuzigte Gerechte“. a. a. O. https://www.nzz.ch/feuilleton/hat-platon-das-evangelium-vorweggenommen-der-gekreuzigte-gerechte-ld.1085775 (12.01.2021).

110 Platon. Der Staat. a. a. O. S. 64 (*Hervorhebungen* im Original).

mehrfach scharf kritisiert.[111] Dass dieser Teil des Textes demnach vielmehr im Gegensatz zu Jesus steht, sollte in einem Verweis auf die Ähnlichkeit zwischen dem gedanklichen Gerechten und Jesus ebenfalls angemerkt werden. Denn wer berechtigterweise als Christ eine Betonung darauf setzt, nicht einzelne (biblische) Textteile aus dem Kontext zu reißen, um sich diese dann in Bezug auf die Aussage so zurechtzulegen, wie es einem gefällt, sollte mit außerbiblischen Textquellen auf die gleiche Weise verfahren.[112]

Wie Lewis auf diesen Einwand reagieren würde, kann hier nur vermutet werden. Zwei Überlegungen seien erwähnt:

1. Der Ähnlichkeiten zwischen *Platons* Gerechten und dem Christusgeschehen gibt es mehr als Unterschiede.
   Stellt man die Gedanken aus *Der Staat* den wirklichen Geschehnissen des Leidens und Sterbens Jesu einander gegenüber, so findet man mehr Affinitäten als Abweichungen. Lewis (u. a.) könnte(n) an dieser Stelle eventuell sagen: *Diese Ähnlichkeiten sind höher zu gewichten als die Unterschiede.*

2. Neutestamentliche Autoren setzen ebenso alttestamentliche Texte in Beziehung zum Jesusereignis, ohne den gesamten alttestamentlichen Text heranzuziehen.
   An dieser Stelle sei erneut auf das Buch *Das Gespräch mit Gott: Beten mit den Psalmen* verwiesen. Im zwölften Kapitel („Mehrschichtige Bedeutungen in den Psalmen“ [S. 132–151])

111 Als Extrembeispiel sei Apostelgeschichte 5,1–11 erwähnt: Ein Ehepaar (Hananias und Saphira) verkauft ihren Acker und bringt nur einen Teil des eingenommenen Geldes als Unterstützung zu den Leitern der Gemeinde (die Apostel). Den restlichen Teil des Geldes legen sie beiseite. In einem gewissen Sinne kommt diese Situation einem Gerecht-*scheinen* sehr nahe. Das Ehepaar will den Anschein erwecken, dass sie richtig handeln, doch in Wahrheit handeln sie falsch. Die Frau belügt sogar den Apostel Petrus, indem sie ihm sagt, dass das der Gemeinde gegebene Geld alles sei, was sie für den Acker bekommen haben (Vers 8). Allerdings erkennt Petrus die Wahrheit und weist darauf hin, dass das Ehepaar mit ihrer Tat Gott belogen und „den Geist des Herrn“ versucht hat (Vers 4.9; Elberfelder Übersetzung). Die Apostelgeschichte berichtet, dass das Ehepaar aufgrund ihres Vorgehens gestorben ist. Der *Schein* eines richtigen und damit gerechten Handelns führte an dieser Stelle zur Bestrafung mit dem Tod.

112 Zur Wichtigkeit der Beachtung des Kontextes siehe u. a.: Thomas Kinker. Die Bibel auslegen und verstehen: Ein praktischer Hermeneutikkurs: Band 1. Verlag für Kultur und Wissenschaft: Bonn, 2003. S. 216–249. Kinker stellt die Beachtung des (Gesamt-)Kontextes eines Textes als „einen der wichtigsten Arbeitsschritte“ bei der (Bibel-)Auslegung dar (ebd. S. 217; Original fett).

erwähnt Lewis den Autoren des Hebräerbriefes.[113] Dieser setzt in Hebräer 2,6–9 einen Auszug aus einem Psalm in Verbindung zum Christusgeschehen:

> *„[E]s hat aber irgendwo jemand bezeugt und gesagt: ‚Was ist der Mensch, dass du seiner gedenkst, oder des Menschen Sohn, dass du auf ihn achtest? Du hast ihn ein wenig unter die Engel erniedrigt; mit Herrlichkeit und Ehre hast du ihn gekrönt; du hast alles unter seine Füße gelegt.' Denn indem er [Gott] ihm [Jesus] alles unterwarf, ließ er nichts übrig, das ihm nicht unterworfen wäre; jetzt aber sehen wir ihm noch nicht alles unterworfen. Wir sehen aber Jesus, der ein wenig unter die Engel erniedrigt war, wegen des Todesleidens mit Herrlichkeit und Ehre gekrönt, damit er durch Gottes Gnade für jeden den Tod schmeckte."*[114]

Der Autor des Hebräerbriefes zieht hier drei Verse aus Psalm 8 heran (Psalm 8,5–7), ohne die weiteren Verse des Psalms zu erwähnen. Obwohl nicht direkt der gesamte Psalm als Verweis zu Jesus genommen wird, ist der Vergleich im neutestamentlichen Sinne legitim.[115] Die Personen, die Lewis' Ansatz unterstützen, könnten dies als Argument für die Verknüpfung zwischen Jesus und *Platons* Gerechten anführen, auch wenn einzelne Passagen aus der *Politeia* nicht auf Christus zutreffen. Es ist gut vorstellbar, dass Lewis dieses Argument ebenfalls vorgebracht hätte.

Die zwei hier vorgetragenen Überlegungen als Widerrede gegen den zuvor erwähnten Kritikpunkt sind gewichtig. Die Ähnlichkeiten überwiegen und sind in der Hauptaussage (Leiden des wahrhaft Gerechten bis zum Tod am Kreuz) auf eine Art und Weise übereinstimmend, dass viele (christliche) Leser und Leserinnen mit hoher Wahrscheinlichkeit ebenso wie Lewis „gar nicht anders [können]" als in *Platons* Gedankenexperiment eine Anknüpfung an das Leben

---

113 Clive Staples Lewis. Das Gespräch mit Gott: Beten mit den Psalmen. a. a. O. S. 145.

114 Hebräer 2,6–9; Elberfelder Übersetzung.

115 Fairerweise muss an dieser Stelle gesagt werden, dass es ungewiss ist, ob der Autor des Hebräerbriefes nicht doch den gesamten Psalm im Hinterkopf hatte, als er seinen Brief verfasste.

und Sterben Jesu zu sehen.[116] Doch sei wiederholend angemerkt, dass diese Verbindung eben nur ein Anklang, nicht aber eine außerbiblische Prophetie ist und dass die Ausführungen bei *Platon* nicht das später tatsächlich passierte Christusereignis überschatten oder gar ersetzen dürfen. Der schmale Grat zwischen einer nicht zu ignorierenden Ähnlichkeit und einer Eisegese muss bei alledem stets mit beachtet werden.

1.5 *Zusammenfassung*

Gewisse Ähnlichkeiten zwischen (vorchristlichen) außerbiblischen Schriftzeugnissen und dem Christusgeschehen sind nicht zu leugnen, auch wenn der ursprüngliche Verfasser eines Textes sich dieser Ähnlichkeit selbst nicht bewusst war (bzw. nicht bewusst sein konnte) oder sie selbst gar nicht beabsichtigte. Manche Christen heben solche Anklänge an das Jesusereignis dennoch besonders hervor. Für C. S. Lewis ist das legitim, wenn dabei berücksichtigt wird, dass diese Verknüpfungen nicht mit einer (außerbiblischen) Prophetie gleichzusetzen sind. Wird das beachtet, so bewertet er ein solches Vorgehen sogar als etwas Gutes. Sie dient der Auferbauung und Bestätigung und gegebenenfalls als Anknüpfungspunkt für weiterführende Gespräche. Dennoch ist die Gefahr nicht abstreitbar, dass die gezogenen Verbindungen das Ergebnis einer Eisegese, eines Hineinlesens einer Bedeutung in einen Text, sind.

Der erste Teil dieser Arbeit soll mit einem Zitat aus Lewis‘ Autobiografie abgeschlossen werden. Diese Worte von Lewis bringen gut den positiven Aspekt seines Ansatzes „Mehrschichtiger Bedeutungen“ zum Ausdruck, den er selbst mehrfach betont. Er blickt hier rückblickend auf all die Dinge, die ihn bis zum Beginn seines Glaubens an Jesus Christus Freude bereitet haben. Ein großer Teil dieser Dinge war die Beschäftigung mit [nordischen] Mythologien und Geschichten; außerbiblischen Schriftzeugnissen.

> *„Ich wußte jetzt [Beginn des christlichen Glaubens], daß sie [die Dinge, die Lewis bis dahin Freude bereitet hatten] nur*

116 Vgl. Clive Staples Lewis. Das Gespräch mit Gott: Beten mit den Psalmen. a. a. O. S. 119.

die geistige Spur waren, die der Durchzug der Freude hinterlassen hatte – nicht die Welle, sondern der Abdruck der Welle im Sand … Sie alle sagten letzten Endes: ‚Ich bin es nicht. Ich bin nur ein Erinnerungszeichen. Schau! Schau! Woran erinnere ich dich?'“ [117]

117 Clive Staples Lewis. Überrascht von Freude. a. a. O. S. 263f.

2. Exklusives und Inklusives Offenbarungsverständnis

Bevor die Begrifflichkeiten *Exklusives* und *Inklusives Offenbarungsverständnis* jeweils für sich erklärt werden, wird zu Beginn aufgezeigt, in welcher Beziehung das Offenbarungsverständnis zu Anklängen an das Christusgeschehen in (vorchristlichen) außerbiblischen Schriftzeugnissen steht. Darauf aufbauend wird unter der genaueren Betrachtung des jeweiligen Offenbarungsverständnisses anhand eines Vertreters der entsprechenden Position der Ansatz „Mehrschichtiger Bedeutungen" hinterfragt, um am Ende unter Berücksichtigung dieser Punkte zu der Frage zu kommen, wie Lewis' Vorgehensweise zu würdigen ist.

2.1 *Relevanz der Thematik*

An dem Punkt, wo Lewis seine Meinung darüber zum Ausdruck bringt, wie die Ähnlichkeiten zwischen Jesus und außerbiblischen Christusverweisen zu werten sind[118], erwähnt er die Kirchenväter der christlichen Gemeinde. „Die frühen Kirchenväter (oder zumindest einige von ihnen)" sahen in solchen Verbindungen nach Lewis Verfälschungen der Wahrheit durch den Teufel.[119] Für Punkt 2 dieser Arbeit („Exklusives und Inklusives Offenbarungsverständnis") sind zwei Dinge dieser Aussage interessant, die gleichzeitig auch die Bedeutung dieses Punktes hervorstechen lassen.

Als erstes verweist Lewis auf die „frühen Kirchenväter". Als Kirchenväter werden jene Theologen und Schriftsteller bezeichnet, die in den ersten Jahrhunderten des Christentums wirkten und deren Schriften damit Einblicke in die Anfänge der christlichen Theologie

118 Vgl. 1.3.3 („Schwierigkeiten eines solchen Ansatzes").

119 Clive Staples Lewis. Das Gespräch mit Gott: Beten mit den Psalmen. a. a. O. S. 117f.

und Glaubenstradition ermöglichen.[120] Gerade diese Schriften der älteren Vergangenheit können Auskunft darüber geben, wie andere (christliche) Autoren mit (vorchristlichen) außerbiblischen Christusverweisen umgingen, da diese Menschen zeitlich näher an (vor allem vorchristlichen) nichtbiblischen Schriftzeugnissen dran waren als Lewis.

Dass sich die christlichen Gelehrten der Frühzeit des Christentums tatsächlich mit außerbiblischen, überwiegend philosophischen Lehren und Schriften auseinandergesetzt haben, bezeugt nicht nur Lewis, sondern auch andere Theologen. Alister McGrath schreibt bspw.:

> *„Es gibt eine lange Tradition innerhalb der christlichen Theologie, auf intellektuelle Quellen außerhalb der eigenen Tradition als Hilfsmittel zur Entfaltung einer theologischen Schau zurückzugreifen. Dieser Ansatz […] beruht auf dem Grundgedanken, dass philosophische Systeme ein sehr hilfreicher Weg sein können, theologische Entwicklungen und das Gespräch zwischen christlichen Denkern und ihrer kulturellen Umgebung anzuregen."*[121]

McGrath macht deutlich, dass die Auseinandersetzung mit solchen außerbiblischen Quellen nicht etwas ist, dass Lewis neu erfunden hätte. Eine Untersuchung des Umgangs der Kirchenväter mit solchen Quellen ist daher möglich, um daraus besser beurteilen zu können, wie der Ansatz „Mehrschichtiger Bedeutungen" zu bewerten ist.

Der zweite interessante Aspekt, den Lewis' Aussage hergibt, ist, dass die Kirchenväter bei ihrer Deutung außerbiblischer Lehren in Bezug zum Christentum einen unterschiedlichen Weg bestritten.

---

120 Beate Varnhorn/Anke Braun u. a. (Hrsg.). Das aktuelle wissen.de Lexikon in 24 Bänden: Band 11. Wissen Media Verlag: Gütersloh/München, 2004. S. 348. Bis zu welchem Jahr man die Epoche der Kirchenväter rechnet, wird unterschiedlich gehandhabt. Damit einher geht auch die Frage, welche Personen als Kirchenväter gelten und welche nicht. Der ursprünglich aus Irland stammende, aber in Oxford lehrende Theologieprofessor Alister McGrath datiert die Epoche der Kirchenväter („Die patristische Epoche" von lat. *pater* [= Vater]) auf ca. 100 – ca. 700 n.Chr., weist aber darauf hin, dass gelegentlich das Ende der patristischen Epoche in dem Konzil von Chalcedon 451 n.Chr. gesehen wird. Siehe in: Alister E. McGrath. Der Weg der christlichen Theologie. Brunnen: Gießen, 2013[3]. S. 5–8.

121 Alister E. McGrath. Der Weg der christlichen Theologie. a. a. O. S. 239.

Er schreibt, dass „zumindest einige" der Kirchenväter die Anklänge an das Jesusereignis in jenen Schriften als Verbiegung der Wahrheit durch den Satan betrachteten.[122] Das entscheidende Wort ist hier „einige", was verdeutlicht: *nicht* alle. Es gab zwischen den Kirchenvätern anscheinend Uneinigkeiten über die Bewertung der Christusverweise und anderweitige Ähnlichkeiten zwischen den Lehren der Philosophen und den Lehren ihres Glaubens. Die Spannweite der Meinungen der Kirchenväter soll durch einen Vergleich zwischen Lewis und dem Theologen Rochus Leonhardt aufgezeigt werden. Während Lewis betont, dass einige Kirchenväter in den Anklängen die Machenschaften des Satans sahen, schreibt Leonhard:

> *„[D]ie sog. Apologeten (Verteidiger) [unternahmen] seit dem 2. Jahrhundert den Versuch, den Vorwurf des staatsgefährdenden und intellektuell minderwertigen Charakters der christlichen Religion zurückzuweisen. Sie behaupteten, das Christentum sei die einzig wahre Religion und kritisierten den hellenistisch-römischen Götterkult als vernunftwidrigen Gottesdienst.* ***Dafür beriefen sie sich einerseits auf Sokrates*** *[…], dem gleichfalls die Verachtung der staatlich verehrten Götter zur Last gelegt worden war;* ***weiter knüpften sie an verschiedene Elemente der Philosophie des Mittelplatonismus und des Stoizismus an,*** *als deren Vollendung sie die christliche Lehre herausstellten."*[123]

Leonhard schreibt hier davon, dass die Kirchenväter nichtbiblische Schriftzeugnisse sogar heranzogen, um den christlichen Glauben zu *verteidigen*; dass Kirchenväter die Anklänge nahmen, um zu sagen: „Na bitte! Was habe[n] [euch die Philosophen schon] gesagt?"[124] Dieser Gegensatz mündete in einer größeren Debatte, die bis heute einen Teilbereich der Theologie bildet: Die Frage, ob Wahrheit auch außerhalb der christlichen Religion zu finden ist bzw. ob Gott auch in

---

122 Clive Staples Lewis. Das Gespräch mit Gott: Beten mit den Psalmen. a. a. O. S. 117f.

123 Rochus Leonhardt. Grundinformation Dogmatik. Vandenhoeck & Ruprecht: Göttingen, 2009⁴. S. 20f.

124 Vgl. Clive Staples Lewis. Das Gespräch mit Gott: Beten mit den Psalmen. a. a. O. S. 117.

außerbiblischen Schriften Wahrheit[en] offenbart.[125] Die Beantwortung dieser Frage hat des Öfteren mit dem *Offenbarungsverständnis* einer Person zu tun, weshalb diese Thematik wichtige Beiträge liefern kann, die Lewis' Ansatz gegebenenfalls in ein anderes Licht rücken.

2.2 *Definition des exklusiven und inklusiven Offenbarungsverständnisses*

Es soll in diesem Punkt eine kurze Definition der beiden Offenbarungsverständnisse gegeben werden, um in 2.3 („Kritik an außerbiblischen Christusanklängen“) und 2.4 („Positive Bewertung außerbiblischer Christusanklänge“) auf diesen Definitionen aufbauend den Ansatz Lewis' zu hinterfragen. Es wird bei alledem (fast) ausschließlich auf die Vorgehensweisen bestimmter Kirchenväter zurückgegriffen, weil diese einen engeren Bezug zu entsprechenden vorchristlichen und außerbiblischen Lehren und Schriften hatten.

Das Offenbarungsverständnis beschäftigt sich mit der Frage, in welcher Art und Weise und wodurch Gott sein Wesen und seinen Willen dem Menschen gegenüber zu erkennen gibt.[126] Die Initiative geht dabei stets von Gott aus: Gott gibt sich in seiner Gnade dem Menschen zu erkennen. Der Höhepunkt dieser Offenbarung ist nach dem Verständnis des christlichen Glaubens das Leben, Sterben und Auferstehen der Person Jesus Christus, wie es den Menschen in der Bibel als der schriftlichen Form des Wortes Gottes überliefert ist. Die Bibel ist damit auch die schriftliche Offenbarungsquelle Gottes an die Menschen der heutigen Zeit, aus der sich Gottes Wesen und

125 Als Wahrheit wird an dieser Stelle der Glaube an Jesus als den gestorbenen und wieder auferstandenen Christus verstanden. Siehe dazu auch Punk 3 („Lewis' Ansatz ‚Mehrschichtiger Bedeutungen' am Beispiel der *Alkestis* des *Euripides*“).

126 Offenbaren bedeutet ungefähr „etwas bisher Verhülltes sichtbar machen“ (griech. αποκαλύπτω *apokalyptō* = „wegziehen eines Schleiers“/„enthüllen“ bzw. φανερόω = „sichtbar machen“). Vgl. Horst Georg Pöhlmann. Abriss der Dogmatik: Ein Kompendium. Gütersloher Verlagshaus: Gütersloh, 2002[6]. S. 41. Ebenso: Gustav Eduard Benseler. Griechisch-Deutsches Schul-Wörterbuch. a. a. O. S. 89. 884.

Willen erkennen lässt.[127] Die Unterscheidung eines exklusiven und inklusiven Offenbarungsverständnisses geschieht dabei aufgrund der auseinandergehenden Meinungen darüber, ob die Bibel das *einzige* Schriftzeugnis ist, welches den Menschen Gott erkennen lässt bzw. welches ihnen Gott „sichtbar“ macht (offenbart).[128] Nach McGrath hängt diese Meinung eng mit der Frage zusammen, in welcher Beziehung der Christ zu der Kultur steht (bzw. stehen soll), in der er lebt.[129]

Nun eine kurze Definition der beiden Offenbarungsverständnisse:

1. Das *exklusive* Offenbarungsverständnis beschreibt die Annahme, dass einzig und allein die Heilige Schrift [= die Bibel] als Quelle der Offenbarung Gottes gelten kann. Bei einem solchen Verständnis wird der Verweis auf außerbiblische Schriftzeugnisse

127 Ebd. Vgl. dazu auch: Wayne Grudem. Biblische Dogmatik: Eine Einführung in die systematische Theologie. Verlag für Kultur und Wissenschaft: Bonn/arche-medien: Hamburg, 2013. S. 56f. Die nach wie vor sehr umfangreiche Diskussion über die genaue Definition der Bibel als dem Wort Gottes kann an dieser Stelle nicht behandelt werden. Es sei dafür auf die in Punkt 2 („Exklusives und Inklusives Offenbarungsverständnis“) erwähnte Literatur verwiesen.

128 Horst Georg Pöhlmann. Abriss der Dogmatik: Ein Kompendium. a. a. O. S. 42. Aufgrund der Thematik der Arbeit wird an dieser Stelle das Offenbarungsverständnis auf Schriftzeugnisse begrenzt. Das sich die gesamte Frage des Offenbarungsverständnisses auch über schriftliche Quellen hinaus erstreckt, hat McGrath anschaulich dargestellt: Alister E. McGrath. Der Weg der christlichen Theologie. a. a. O. V. a. S. 626–639. Vgl. in ebd. S. 156–162. 237–248.

129 Alister E. McGrath. Der Weg der christlichen Theologie. a. a. O. S. 156f. Er schreibt: „Theologie wird in einem Umfeld betrieben – dem der Kultur im Allgemeinen. [...] [D]ie christliche Kirche [ist] im unaufhörlichen Ringen darum [...], ihr Verhältnis zur Kultur zu klären. Wo sollen die Christen sich verortet sehen? Innerhalb der Kultur? Oder außerhalb? [...] [W]ar [zur Zeit der Kirchenväter] der Gebrauch eines [außerbiblischen] literarischen Mediums schon gleichbedeutend mit der Preisgabe wesentlicher Elemente christlichen Glaubens? Sollte sich das Christentum vom klassischen Erbe abwenden oder sollte es dieses, wenn auch in veränderter Form, übernehmen?“ McGrath lässt diesen Fragen Abschnitte folgen, die dem Kern der Bedeutung des jeweiligen Offenbarungsverständnisses entsprechen (ebd. S. 157–160).

abgelehnt und scharf kritisiert. Als Vertreter dieser Perspektive gilt bspw. der Kirchenvater *Tertullian.*[130]

2. Als *inklusives* Offenbarungsverständnis wird jede Ansicht bezeichnet, die ebenso nichtbiblische Schriften als Träger der Offenbarung Gottes anerkennt, indem diese mit ihren Aussagen auf Jesus Christus als Fülle aller Offenbarung hinweist. Zwei bekannte Verfechter dieser Position waren *Justin* und *Clemens von Alexandrien.*[131]
   Das hier vorgestellte *inklusive* Offenbarungsverständnis, welches nur das als Offenbarung Gottes gelten lässt, was im Einklang mit der Bibel steht, muss unterschieden werden von einem *Inklusivismus*, der davon ausgeht, dass auch außerhalb des christlichen Glaubens Heil zu finden ist.[132]

Als weitere Zusammenfassung beider Definitionen soll ein Zitat des emeritierten Theologieprofessors Hans Georg Pöhlmann dienen:

> *„In der alten Kirche steht ein exklusives Offenbarungsverständnis, das jede Korrelation mit der Philosophie sowie den Religionen abweist und vom Absolutheitsanspruch der Offenbarung ausgeht, einem inklusiven gegenüber, das – wie z.B. die Apologeten – anknüpfungstheologisch verfährt.“*[133]

Dieses Zitat verdeutlicht, dass man in einem *exklusiven* Offenbarungsverständnis womöglich Ansätze und Punkte findet, die Lewis‘

130 Horst Georg Pöhlmann. Abriss der Dogmatik: Ein Kompendium. a. a. O. S. 42. Der Kirchenvater *Tertullian* (ca. 160 – ca. 225 n.Chr.) lieferte wichtige Beiträge zur Debatte der Trinitätslehre in den ersten Jahrhunderten n.Chr. Einen groben Überblick zu seinem Schaffen gibt Wolf-Dieter Hauschild in: Wolf-Dieter Hauschild. Lehrbuch der Kirchen- und Dogmengeschichte Band 1: Alte Kirche und Mittelalter. Gütersloher Verlagshaus: Gütersloh, 2016^5. S. 63. Ferner sei auf Punkt 2.3 („Kritik an außerbiblischen Christusanklängen“) dieser Arbeit verwiesen.

131 Horst Georg Pöhlmann. Abriss der Dogmatik: Ein Kompendium. a. a. O. S. 42. *Justin* (ca. 100 – ca. 165) und *Clemens von Alexandrien* (ca. 150 – ca. 215) bemühten sich sehr darum, Verbindungen zwischen dem Christentum und ihrer Kultur aufzuzeigen, um ihrem Umfeld das Evangelium verständlicher zu machen. Siehe dazu Punkt 2.4 („Positive Bewertung außerbiblischer Christusanklänge“). Vgl.: Alister E. McGrath. Der Weg der christlichen Theologie. a. a. O. S. 157. Ebenso: Beate Varnhorn/Anke Braun u. a. (Hrsg.). Das aktuelle wissen.de Lexikon in 24 Bänden: Band 12. Wissen Media Verlag: Gütersloh/München, 2004. S. 34.

132 Vgl. Alister E. McGrath. Der Weg der christlichen Theologie. a. a. O. S. 627.

133 Horst Georg Pöhlmann. Abriss der Dogmatik: Ein Kompendium. a. a. O. S. 42.

Ansatz „Mehrschichtiger Bedeutungen“ *kritisieren* und in einem *inklusiven* Offenbarungsverständnis solche, die seinen Ansatz eher *befürworten*. Dieser Annahme soll nun nachgegangen werden.

2.3 *Kritik an außerbiblischen Christusanklängen*

2.3.1 Exklusives Offenbarungsverständnis (am Beispiel *Tertullians*)

Wenn Pöhlmann *Tertullian* als Vertreter eines *exklusiven* Offenbarungsverständnisses anführt, so geschieht dies hauptsächlich mit dem Verweis auf die Schrift *De praescriptione haereticorum* (lat. für „Die Prozesseinreden gegen die Häretiker“) des Kirchenvaters.[134] Um *Tertullians* Ansatz bezüglich des Heranziehens außerbiblischer Schriftzeugnisse als Anklänge an das Jesusereignis besser verstehen zu können, werden einige Ausschnitte dieser Schrift nun näher betrachtet.

Der erst in späteren Lebensjahren Christ gewordene Jurist *Tertullian* versuchte mit seinen zahlreichen Schriften den christlichen Glauben zu verteidigen. Er wandte sich dabei vor allem gegen Gruppierungen, die gnostisches Gedankengut aufwiesen. Seine antiphilosophische Haltung, die ebenso seinen hier vorgestellten Ansatz begründet, lässt sich darauf zurückführen, dass er in der Philosophie die Quelle des gnostischen Gedankenguts sah, welcher durch

134 Ebd.

die Kirchenväter als Häresie[135] gewertet wurde. Seine Ansichten dazu schildert er in *De praescriptione haereticorum.*[136]

> *„Denn sie [die Philosophie] ist eben das Feld, auf dem die Weisheit der Welt sich bewegt, sie, die voreilige Erklärerin der Natur und der Ratschlüsse Gottes. Auch* ***die Häresien selbst empfangen durch die Philosophie ihre Ausrüstung.*** *"*[137]

Um diese Worte *Tertullians* richtig einordnen zu können, muss hinzugefügt werden, dass *Tertullian* die „Weisheit der Welt" als etwas Negatives, als „Torheit" ansah.[138] Für ihn ist die Philosophie die Quelle aller Irrlehren. Nachdem er diverse Lehren der damaligen Zeit genannt hat, welche allesamt als Häresien gewertet wurden, schreibt er:

> *„Dieselben Gegenstände werden bei Häretikern und Philosophen behandelt, dieselben verwickelten Verhandlungen dargestellt […]* ***Von dort [der Philosophie] kommen jene Fabeln*** *und endlosen Genealogien,* ***die unersprießlichen***

---

135 Häresie (griech. αἱρεσις *haịresis* = „Wahl, Absonderung") bezeichnet eine Ansicht, die im Widerspruch zur offiziellen christlichen Lehre steht und in diesem Sinne eine Irrlehre darstellt. Vgl. Beate Varnhorn/Anke Braun u. a. (Hrsg.). Das aktuelle wissen.de Lexikon in 24 Bänden: Band 9. Wissen Media Verlag: Gütersloh/München, 2004. S. 141. Ebenso: Gustav Eduard Benseler. Griechisch-Deutsches Schul-Wörterbuch. a. a. O. S. 19.

136 Siehe dazu: Bengt Hägglund. Geschichte der Theologie: Ein Abriß. Evangelische Verlagsanstalt: Berlin, 1983. S. 26. 40f. Zur Gnosis: „Im 2. Jh. gab es verschiedene Schulen und Gruppen innerhalb des Christentums, die zusammenfassend als Gnosis bezeichnet werden. […] Ihre Theologie forderte verschiedene Reflexionen heraus und war daher ein wichtiger Impuls für theologische Entwicklungen. Offenbarung und Erlösung, Abkehr von der Welt und Abwertung der Schöpfung, Erwählungsbewusstsein und elitäres Geheimwesen, besonders in Form der Mythologie, waren dominierende Elemente in der theologischen Vorstellungs- und Sprachwelt." Wolf-Dieter Hauschild. Lehrbuch der Kirchen- und Dogmengeschichte Band 1: Alte Kirche und Mittelalter. a. a. O. S. 136. Für weitere Informationen siehe ebd. S. 136–139. Hägglund schreibt über die Gnosis: „Die wichtigsten Elemente ihrer mythischen und kosmologischen Spekulationen sind folgende: ein strenger Dualismus zwischen Geisteswelt und der Materie, eine allgemeine Erlösungslehre, deren Ziel die Befreiung des Geistes von der Materie ist, ein Kult mit Mysterien und anderen sakramentalen Handlungen und eine asketische oder libertinistische Ethik." Bengt Hägglund. Geschichte der Theologie: Ein Abriß. a. a. O. S. 25.

137 Tertullian. Die Prozeßeinreden gegen die Häretiker (De praescriptione haereticorum). Kapitel 7. Nachzulesen auf: http://www.unifr.ch/bkv/kapitel96-6.htm (12.01.2021).

138 Vgl. Tertullian. Die fünf Bücher gegen Marcion (Adversus Marcionem). Buch 2: Kapitel 2. Nachzulesen auf: http://www.unifr.ch/bkv/kapitel1902-1.htm (02.11.2020). Siehe dazu auch die Worte des Paulus im 1. Korintherbrief (1. Korinther 1,20b; Elberfelder Übersetzung): „Hat nicht Gott die Weisheit der Welt zur Torheit gemacht?".

> ***Untersuchungen und die krebsartig fortschreitenden Reden, von welchen der Apostel [Paulus] uns fernzuhalten bemüht ist** und dabei ausdrücklich die Philosophie als das bezeichnet, wovor man sich hüten müsse, indem er an die Kolosser schreibt: ‚Sehet zu, daß euch niemand täusche durch die Philosophie und durch leeren Trug, nach der Überlieferung der Menschen‘ [139] gegen die Vorsehung des Hl. Geistes. **Er [Paulus] war in Athen gewesen[140] und hatte diese Menschenweisheit in Zusammenkünften kennen gelernt, diese Nachäfferin und Verfälscherin der Wahrheit** […]“ [141]*

Tertullian sah Ähnlichkeiten und Anklänge. Allerdings sah er diese nicht zwischen außerbiblischen Schriftzeugnissen bzw. Lehren und dem Christusgeschehen, sondern zwischen außerbiblischen Schriften und solchen „christlichen“ Lehren, die als Häresie galten. Der Verweis auf angebliche Anklänge an Jesus Christus war für ihn der Beginn einer häretischen Lehre; nicht eine Auferbauung, sondern der erste Schritt weg von der Wahrheit. An anderer Stelle bezeichnet er die Philosophen gar als „Stammväter der Häresien“.[142] In seiner Ablehnung philosophischen Gedankenguts sah sich *Tertullians* dabei ganz dem Vorbild des Apostels Paulus folgend.

Was bedeutet das in Hinblick auf C. S. Lewis‘ Vorgehen?

Da zwischen *Tertullian* und Lewis mehr als 1000 Jahre Weltgeschichte liegen, ist eine exakte Gegenüberstellung ihrer Meinungen nicht möglich. Der Lebenskontext und die Intention, welche zu ihrer jeweiligen Position im Umgang mit außerbiblischen Gedanken geführt hat, unterscheiden sich zu sehr. Aus diesem Grund bleibt es reine Vermutung, wie *Tertullian* dem Ansatz „Mehrschichtiger Bedeutungen“ tatsächlich begegnet wäre. Dennoch sollen einige Überlegungen dazu dargestellt werden.

---

139 Kolosser 2,8.

140 Vgl. dazu der Bericht aus der Apostelgeschichte Kapitel 17 Vers 16ff.

141 Tertullian. Die Prozeßeinreden gegen die Häretiker (De praescriptione haereticorum). Kapitel 7. Nachzulesen auf: http://www.unifr.ch/bkv/kapitel96-6.htm (12.01.2021).

142 Tertullian. Gegen Hermogenes (Adversus Hermogenes). Kapitel 8. Nachzulesen auf: http://www.unifr.ch/bkv/kapitel1900-7.htm (02.11.2020).

1. Außer der Bibel bedarf es nichts!
   Es ist gut vorstellbar, dass *Tertullian*, ehe er darauf zu sprechen käme, ob ein Ansatz gleich dem des Lewis „erlaubt" sei, die Frage stellen würde, ob ein solches Vorgehen überhaupt notwendig ist. In seinen *Prozesseinreden gegen die Häretiker* schreibt er, dass seit dem Jesusereignis ein „Forschen" und „Untersuchen" außerhalb des Evangeliums (griech. euvagge,lion *euangẹlion* = „die gute/frohe Botschaft" [143]) in Bezug auf den christlichen Glauben nicht mehr erforderlich ist.[144] Dieses Evangelium sah er in der Bibel festgehalten, weshalb es nach *Tertullian* keiner weiteren Schriften als dieser bedurfte.[145] Auf Lewis' Ansatz bezogen könnte das heißen: *Der Verweis auf Ähnlichkeiten zwischen Jesus Christus und außerbiblischen Quellen ist gar nicht nötig. Die Bibel reicht vollkommen aus.*

2. Das Christentum ist einzigartig! *Solus Christus*!
   Des Weiteren könnte *Tertullian* darauf hinweisen, dass durch das Aufzeigen der *Gemeinsamkeiten* zu nichtbiblischen Schriften die entscheidenden *Unterschiede* untergraben werden. Gerade in seinem *Apologetikum* kommt *Tertullian* immer wieder auf die Dinge zu sprechen, die den christlichen Glauben von dem Glauben der überwiegenden römischen Bevölkerung *unterscheidet.*[146] Auf die *Gemeinsamkeiten* zwischen beiden zu verweisen, könnte dazu führen, dass diese *Unterschiede* immer mehr ausgeblendet werden.
   Im Johannesevangelium steht geschrieben: *„Jesus spricht zu ihm: Ich bin der Weg und die Wahrheit und das Leben. Niemand kommt zum Vater als nur durch mich."* (Johannes 14,6; Elberfelder Übersetzung). Es ist gut vorstellbar, dass *Tertullian* auf die Gefahr hingewiesen hätte, dass durch die Verknüpfung, wie sie bei Lewis geschieht, eine bestimmende Betonung verloren gehen könnte,

---

143 Vgl. Gustav Eduard Benseler. Griechisch-Deutsches Schul-Wörterbuch. a. a. O. S. 327.

144 Tertullian. Die Prozeßeinreden gegen die Häretiker (De praescriptione haereticorum). Kapitel 7. Nachzulesen auf: http://www.unifr.ch/bkv/kapitel96-6.htm (12.01.2021).

145 Vgl. dazu Tertullian. Apologetikum (Apologeticum). Kapitel 18. 20. Nachzulesen auf: http://www.unifr.ch/bkv/kapitel92-17.htm (02.11.2020).

146 Ebd. Besonders bspw. in den Kapiteln 22–30.

die das Christentum von den anderen Religionen *unterscheidet*: Rettung ist nur in Jesus Christus zu finden; *solus Christus* (lat. = „allein Christus"). Vielleicht könnte es wie folgt formuliert werden: *Die angeblichen Anklänge könnten suggerieren, dass Jesus Christus* nicht *der einzige Weg zum Vater ist, sondern dass noch andere Möglichkeiten existieren, die einen zu Gott führen können. Das Christusgeschehen aber ist einzigartig und als solches muss es auch herausgestellt werden! Außerhalb der Bibel nach Verweisen auf Jesus zu suchen, hebt diese Einzigartigkeit auf.*

3. Verweise sind Verfälschungen!
   Diese Überlegung hängt sehr eng mit der vorherigen zusammen und bildet einen Schwerpunkt der Gedanken des *Tertullian*. Sie wäre im gewissen Sinne zusammengefasst mit dem bereits weiter oben erwähnten Zitat Lewis':

   „Die frühen Kirchenväter [...] [waren] der Meinung [...], das Heidentum sei nichts als das unmittelbare Werke des Teufels: ‚Der Teufel hat von Anfang an versucht, die Welt mit Lügen in die Irre zu führen. Wie alle geschickten Lügner macht er seine Lügen der Wahrheit so ähnlich, wie er nur kann. Solange sie den Menschen nur in der wichtigsten Frage auf Abwege bringen, werden sie umso wirkungsvoller sein, je genauer sie die Wahrheit nachahmen." [147]

   Diese Beschreibung trifft die Ansicht *Tertullians*, obwohl dieser in den angeführten Zitaten nicht explizit den Teufel erwähnt. Nichtbiblische Schriftzeugnisse können Ähnlichkeiten zum Christusgeschehen aufzeigen, doch wenn sie dies tun, dann stellt es nach *Tertullian* stets eine Verfälschung der Wahrheit des Jesusereignisses dar. Dieser möglichen Verfälschung muss entgegengetreten werden, indem man von vornherein den Umgang mit solchen Schriften, welche die Wahrheit verdrehen könnten, ausschließt. Anklänge an das wirkliche Christusgeschehen gibt es demnach nicht. Sollte man dennoch auf einen verweisen, so verweist man auf eine Lüge. Solche Lügen sind nach *Tertullian* der Anfang von

147 Vgl. Clive Staples Lewis. Das Gespräch mit Gott: Beten mit den Psalmen. a. a. O. S. 117f.

> Irrlehren. Angelehnt an die eigenen Worte *Tertullians* und das Beispiel des Gerechten bei *Platon* wird dieser Punkt folgendermaßen ausgedrückt: *Was hat also Platon mit der Bibel zu schaffen, was der Sokrates und Glaukon mit den Christen und vor allem was der Gerechte mit Christus?* Mögest du [Lewis] meinetwegen, wenn es dir so gefällt, ein platonisches Christentum aufbringen! Wir Christen jedoch brauchen seit Jesus Christus solche Spiele nicht mehr.[148]

Mit diesen Überlegungen könnte Lewis zusammenfassend entgegnet werden: *„Mehrschichtige Bedeutungen" in außerbiblischen Schriftzeugnissen sind unnötig, nivellieren die Einzigartigkeit des Christusgeschehens und verfälschen dieses darüber hinaus. Die Bibel ist und bleibt die einzige schriftliche Quelle für das Christentum. Nichtbiblische Schriftzeugnisse sind mit dem Jesusereignis nicht in Verbindung zu setzen.*

2.3.2 Antwort auf *Tertullian*

In diesem Punkt soll ähnlich den Überlegungen zu 2.3.1 („Exklusives Offenbarungsverständnis [am Beispiel *Tertullians*]") darüber nachgedacht werden, wie Lewis diesen Einwänden gegenüber seinem Ansatz begegnet sein könnte. Zusätzlich erfolgt eine Einschätzung der Einwände, um am Ende dieses Kapitels eine nachvollziehbare Würdigung des Ansatzes „Mehrschichtiger Bedeutungen" vornehmen zu können (siehe 2.5 [„Zusammenfassung"]).

---

148 Originalzitat: „Was hat also Athen mit Jerusalem zu schaffen, was die Akademie mit der Kirche, was die Häretiker mit den Christen? Unsere Lehre stammt aus der Säulenhalle Salomos, der selbst gelehrt hatte, man müsse den Herrn in der Einfalt seines Herzens suchen [Weisheit Kapitel 1 Vers 1]. Mögen sie meinethalben, wenn es ihnen so gefällt, ein stoisches und platonisches und dialektisches Christentum aufbringen! Wir indes bedürfen seit Jesus Christus des Forschens nicht mehr, auch nicht des Untersuchens, seitdem das Evangelium verkündet worden. Wenn wir glauben, so wünschen wir über den Glauben hinaus weiter nichts mehr. Denn das ist das erste, was wir glauben: es gebe nichts mehr, was wir über den Glauben hinaus noch zu glauben haben." In: Tertullian. Die Prozeßeinreden gegen die Häretiker (De praescriptione haereticorum). Kapitel 7. Nachzulesen auf: http://www.unifr.ch/bkv/kapitel96-6.htm (12.01.2021).

1. Außer der Bibel bedarf es nichts!
   Dass es des Verweises auf Anklänge an das Christusgeschehen in außerbiblischen Schriften nicht zwangsweise *bedarf*, würde Lewis mit hoher Wahrscheinlichkeit nicht in Frage stellen. Er selbst schreibt, dass diese Ähnlichkeiten für ihn darüber hinaus keinen Beweis für die Richtigkeit des christlichen Glaubens darstellen.[149] Lewis weist lediglich darauf hin, dass es solche Verbindungen gibt und stellt sich die Frage, wie es dazu kommt und wie v. a. Christen mit solchen Ähnlichkeiten umgehen können. Doch er sieht all das nicht als eine Notwendigkeit an. Allerdings macht Lewis auf die Notwendigkeit der zusätzlichen Informationen aufmerksam, die man benötigt, um solche Anklänge zu erkennen.[150] Diese zusätzlichen Informationen, das Christusereignis selbst, hat Lewis selbst in der Bibel gefunden.[151] Er war sich demnach bewusst, dass die Heilige Schrift das ausschlaggebende Schriftzeugnis der Christen ist und nicht eine außerbiblische Schrift, die „lediglich" einen Anklang daran enthält.
   Der Einwand an Lewis' Ansatz hat Recht, wenn er aussagt, dass der Verweis auf eine „Mehrschichtige Bedeutung" nicht unter allen Umständen notwendig ist; er ist allenfalls eine Ergänzung, nicht aber ein Muss. Weiterhin gilt es zu betonen, dass die Bibel als solche genügt, um das Jesusereignis verstehen zu können und bei einem Vergleich zwischen dem Christusgeschehen und einer (vorchristlichen) außerbiblischen Schrift ebenso die entscheidende Komponente darstellt.[152] Diesen Punkt gilt es bei einer Anwendung des Ansatzes C. S. Lewis' zu beachten.

2. Das Christentum ist einzigartig! *Solus Christus*!
   Dass das Christentum, und darin speziell das Christusgeschehen, für Lewis eine einzigartige Sache darstellt, wird in seiner Autobiografie besonders deutlich. An einer Stelle schreibt er über die

149 Clive Staples Lewis. Das Gespräch mit Gott: Beten mit den Psalmen. a. a. O. S. 113.

150 Ebd. S. 114.

151 Siehe dazu: Clive Staples Lewis. Überrascht von Freude. a. a. O. S. 282.

152 Zur Relevanz der Bibel für die Lehre des christlichen Glaubens siehe bspw.: Wayne Grudem. Biblische Dogmatik: Eine Einführung in die systematische Theologie. a. a. O. S. 81–148 (Kapitel 4–8).

Evangelien, welche das Leben, Sterben und Auferstehen Jesu Christi schriftlich festgehalten haben. Er vermerkt dazu:

„[E]s gab in der ganzen Literatur nichts, was genauso gewesen wäre. [...] [K]eine Person war wie die Person, die in den Evangelien geschildert wurde; so real, so erkennbar über die Kluft all jener Jahrhunderte hinweg [...], doch gleichzeitig auch numinos, bestrahlt von einem Licht von jenseits der Welt [...] Hier und nur hier [in der Person Jesus Christus] mußte der Mythos zur Tatsache, das Wort Fleisch, Gott Mensch geworden sein."[153]

Lewis setzt klar und deutlich einen Unterschied zwischen der Bedeutsamkeit des Jesusereignisses wie es in der Bibel überliefert ist und den Anklängen, die sich in anderen Schriften finden lassen.[154] Er weiß um die Einzigartigkeit des christlichen Glaubens und hebt diese hervor. Dies tut er im besonderen Maße im Vergleich zu nichtbiblischer Literatur. Das Zitat betrachtend könnte man sogar sagen, dass gerade dieser Vergleich die Besonderheit des Christentums zur Geltung bringt.[155] So gedeutet stünde Lewis' Ansatz im direkten Gegensatz zu diesem Einwand: Statt die Einzigartigkeit zu untergraben, stellt sie diese heraus.

Auch die alleinige Rettung durch Jesus Christus bringt C. S. Lewis an verschiedenen Stellen zum Ausdruck. Er schreibt bspw. in *Pardon, ich bin Christ*: „Er [Gott] hat uns gesagt, daß wir nur durch Christus gerettet werden können".[156] Die Aussage aus dem Johannesevangelium (*„Niemand kommt zum Vater als nur durch*

153 Clive Staples Lewis. Überrascht von Freude. a. a. O. S. 282.

154 In seinem Buch *Pardon, ich bin Christ* schließt er sogar eine eigene Umschreibung des Christusgeschehens mit den Worten: „[V]ergessen wir nicht, auch dies ist nur ein weiteres Bild. Verwechseln wir es nicht mit der Sache selbst." Pardon, ich bin Christ: Meine Argumente für den Glauben. a. a. O. S. 63.

155 Lewis Autobiografie ist zu großen Teilen eine Darstellung der von ihm gelesenen Lektüre. Das erwähnte Zitat stellt die Evangelien in den Vergleich zu nichtbiblischer Literatur und unterstreicht dadurch das Alleinstellungsmerkmal und die Einzigartigkeit des Christentums.

156 Pardon, ich bin Christ: Meine Argumente für den Glauben. a. a. O. S. 67f.

mich [Jesus]." [Johannes 14,6b; Elberfelder Übersetzung]) war für Lewis demnach eine tiefgreifende Wahrheit.

Es muss dennoch erwähnt werden, dass sich bei ihm Tendenzen erkennen lassen, die den Autoren der außerbiblischen Christusverweise eine gewisse Heilsmöglichkeit durch ihre Aussagen zugestehen, ohne dass bekannt wäre, dass sie Jesus tatsächlich kennengelernt hätten. So fährt das bereits erwähnte Zitat aus *Pardon, ich bin Christ* fort: „[W]ir wissen jedoch nicht, ob nur die Menschen durch ihn gerettet werden können, die von ihm gehört haben."[157] Alister McGrath verweist ebenso auf *Pardon, ich bin Christ* (und damit evt. speziell auf den soeben zitierten Satz), um zu zeigen, dass Lewis bestimmte Philosophen im christlichen Sinne als gerettet ansah.[158]

Gleichwohl: Der Ansatz „Mehrschichtiger Bedeutungen" will die Einzigartigkeit des Jesusgeschehens nicht angreifen. Ebenso leugnet er nicht, dass der christliche Glaube auf dem Fundament gebaut ist, dass allein Jesus Christus Rettung schenkt – *Solus Christus*! Er sollte sich diesen Umstand jedoch immer wieder neu vor Augen führen! Des Weiteren kann der Einwand als eine sehr wichtige Warnung verstanden werden: Der Verweis auf Anklänge an Jesu Leben, Sterben und Auferstehen in außerbiblischen Quellen darf nicht zu einem Inklusivismus führen, der auch außerhalb von Jesus Christus Möglichkeiten zur Heilserlangung sieht.[159] Solch eine Lehre stände im Widerspruch zum christlichen Glauben und wäre damit als Häresie zu werten.[160]

3. Verweise sind Verfälschungen!

   Dass diese Ansicht existiert, stellt Lewis in dem Buch *Das Gespräch mit Gott: Beten mit den Psalmen* selbst dar. Doch Lewis begegnet diesem Einwand an der gleichen Stelle: „[Ich bin] der

157 Ebd. S. 68.

158 Alister E. McGrath. Der Weg der christlichen Theologie. a. a. O. S. 496.

159 Vgl. ebd. S. 627.

160 Siehe u. a. Apostelgeschichte 4,10.12 (Elberfelder Übersetzung): „[...] Im Namen Jesu Christi, des Nazoräers, den ihr gekreuzigt habt, den Gott auferweckt hat aus den Toten – in diesem Namen steht dieser gesund vor euch. [...] Und es ist in keinem anderen das Heil; denn auch kein anderer Name unter dem Himmel ist den Menschen gegeben, in dem wir gerettet werden müssen."

Meinung […], dass in der Mythologie [und anderen außerbiblischen Schriften] göttliche, teuflische und menschliche Elemente […] eine Rolle spielen.“ [161]

Lewis stimmt zu, wenn gesagt wird, dass außerbiblische Ähnlichkeiten zu Christus Teile enthalten, die das eigentliche Jesusereignis in das Verkehrte drehen und falsch darstellen. Aber die Schlussfolgerung, die er daraus zieht, ist eine andere als bei *Tertullian*. Der Kirchenvater kommt zum Ergebnis, dass dieser Verdrehung begegnet werden muss; man jedweder Möglichkeit zum Eindringen dieser Verfälschung vorbeugen muss, indem man es unterlässt, auf Ähnlichkeiten zwischen Christusgeschehen und außerbiblischen Schriftzeugnissen hinzuweisen. Tut man es doch, ist nach *Tertullian* Tür und Tor für eine weitere Häresie geöffnet. Lewis jedoch weist extra auf die Ähnlichkeiten hin, um aufzuzeigen, welche Wahrheit darin steckt. Er sieht in all den außerbiblischen Christusverweisen einen Hinweis auf das wahrhafte Jesusereignis; auf das wahre Leben, Sterben und Auferstehen Christi. Und er sieht in ihnen einen Punkt, mit dem man auf die Verwirklichung der außerbiblischen Anklänge in Jesus hinweisen kann. Die Verweise sind für Lewis nicht Verfälschungen, die einen Samen für eine neue Irrlehre legen, sondern einen Samen, der auf den christlichen Glauben als Korrektur der Verfälschungen deutet. Jede Ähnlichkeit ist für ihn wie eine Art Summand, der auf Jesus als der „Summe und […] Tatsächlichkeit aller Religionen und Philosophien“ verweist.[162] All die Anklänge an das Christusgeschehen sind „Erinnerungszeichen“ und all diese Verbindungen stellen dem Leser nach Lewis die Frage: „Schau! Schau! Woran erinnere ich dich?“ [163]

Tertullian macht mit seiner kritischen Position gegenüber nichtbiblischen Schriften auf einen gewichtigen Punkt aufmerksam: Außerbiblische Anklänge an das Christusgeschehen enthalten sehr oft Passagen, die in keiner Weise mit dem christlichen Glauben in Verbindung gebracht werden können; Passagen, die

161 Clive Staples Lewis. Das Gespräch mit Gott: Beten mit den Psalmen. a. a. O. S. 118.

162 Clive Staples Lewis. Überrascht von Freude. a. a. O. S. 282.

163 Ebd. S. 264.

zum Bereich der Häresien gehören. Das Ansinnen des *Tertullians*, das Christentum vor solchen Häresien zu bewahren, muss positiv gewürdigt werden. Seine „Ablehnung der Philosophie gehört [...] zu seinem Kampf gegen die Häretiker.“ [164] Von ihm kann entnommen werden, dass solche häretischen Teile in nichtbiblischen Schriften bei einer Anwendung des Ansatzes Lewis‘ klar vom eigentlichen Jesusereignis getrennt werden müssen. In Punkt 1.4.3 („Zustimmung und Kritik“) wurde bereits kritisch angemerkt, dass dieser Einwand bei Lewis mehr Beachtung verdient hätte.

4. *Exkurs:* Apostelgeschichte 17,16–33

Bevor das inklusive Offenbarungsverständnis näher betrachtet wird, soll ein kurzer Einschub zum Bericht der Reise des Paulus nach Athen in der Apostelgeschichte Kapitel 17, die Verse 16–44, vorgenommen werden. Wie kommt es dazu?

Tertullian schreibt: „Er [Paulus] war in Athen gewesen und hatte diese Menschenweisheit [die (griechische) Philosophie] in Zusammenkünften kennen gelernt, diese Nachäfferin und Verfälscherin der Wahrheit [...]“ [165] *Er spielt damit auf jenen Bericht aus der Apostelgeschichte an und nutzt diesen, um seine antiphilosophische Position zu bekräftigen. Allerdings wird dabei ein wichtiger Teil vernachlässigt.*

Es stimmt, dass Paulus die verbreiteten Ansichten in Athen, vor allem den polytheistischen Götterglauben [166]*, als Lügen ansah,*

164 Bengt Hägglund. Geschichte der Theologie: Ein Abriß. a. a. O. S. 41.

165 Tertullian. Die Prozeßeinreden gegen die Häretiker (De praescriptione haereticorum). Kapitel 7. Nachzulesen auf: http://www.unifr.ch/bkv/kapitel96-6.htm (12.01.2021).

166 Polytheismus (griech. πολύς *polys* = „viel“ + griech. θεοί *theoi* = „Götter“ = „viele Götter“/ „Vielgötterei“) ist „der Glaube an eine Vielzahl von Göttern“ (Beate Varnhorn/Anke Braun u. a. [Hrsg.]. Das aktuelle wissen.de Lexikon in 24 Bänden: Band 17. Wissen Media Verlag: Gütersloh/München, 2004. S. 196.). Der Polytheismus steht im Gegensatz zum christlichen Monotheismus (griech. μόνος *monos* = „allein“/„einzig“ + θεός *theos* = „Gott“ = „ein einziger Gott“), der den Glauben an einen einzigen Gott unterstreicht (Beate Varnhorn/Anke Braun u. a. [Hrsg.]. Das aktuelle wissen.de Lexikon in 24 Bänden: Band 15. Wissen Media Verlag: Gütersloh/München, 2004. S. 52.). Vgl. Gustav Eduard Benseler. Griechisch-Deutsches Schul-Wörterbuch. a. a. O. S. 379. 563. 697f.

die ihn selbst mit Zorn erfüllten.[167] *Es ist ebenso wahr, dass er diese Lehren als etwas Falsches kennzeichnete, doch interessant ist dabei die Art und Weise, wie er das tat: Anstatt die athenischen Hauptansichten der Bevölkerung einfach zu ignorieren, nutzt er diese, um auf ihnen aufbauend die Botschaft von Jesus, das Christusgeschehen, zu erklären. In den Versen 23–31 wird erzählt, dass Paulus folgende Worte sprach:*

„Denn als ich umherging und eure Heiligtümer betrachtete, fand ich auch einen Altar, an dem die Aufschrift war: Einem unbekannten Gott. Was ihr nun, ohne es zu kennen, verehrt, das verkündige ich euch. Der Gott, der die Welt gemacht hat und alles, was darin ist, er, der Herr des Himmels und der Erde, wohnt nicht in Tempeln, die mit Händen gemacht sind, *auch wird er nicht von Menschenhänden bedient, als wenn er noch etwas nötig hätte, da er selbst allen Leben und Odem und alles gibt. Und er hat aus einem jede Nation der Menschen gemacht, dass sie auf dem ganzen Erdboden wohnen, wobei er festgesetzte Zeiten und die Grenzen ihrer Wohnung bestimmt hat, dass sie Gott suchen, ob sie ihn vielleicht tastend fühlen und finden möchten, obwohl er ja nicht fern ist von jedem von uns. Denn in ihm leben wir und bewegen uns und sind wir,* ***wie auch einige eurer Dichter gesagt haben: Denn wir sind auch sein Geschlecht.*** *Da wir nun Gottes Geschlecht sind, sollen wir nicht meinen, dass das Göttliche dem Gold und Silber oder Stein, einem Gebilde der Kunst und der Erfindung des Menschen, gleich sei. Nachdem nun Gott die Zeiten der Unwissenheit übersehen hat, gebietet er jetzt den Menschen, dass sie alle überall Buße tun sollen, weil er einen Tag festgesetzt hat, an dem er den Erdkreis richten wird in Gerechtigkeit durch einen Mann, den er dazu bestimmt hat, und er hat allen dadurch den Beweis gegeben, dass er ihn auferweckt hat aus den Toten.“ (Elberfelder Übersetzung)*

167 Vgl. Vers 16 (Einheitsübersetzung [2016]): „Während Paulus in Athen auf sie [Wegbegleiter des Paulus] wartete, wurde sein Geist von heftigem Zorn erfasst; denn er sah die Stadt voll von Götzenbildern.“

Paulus knüpft an die Lehren und Glaubensvorstellungen der Bewohner Athens an, um ihnen den christlichen Glauben zu erklären. Dabei stellt er einerseits deutlich das dar, was nicht *vereinbar ist mit dem Christentum („[E]r, der Herr des Himmels und der Erde, wohnt nicht in Tempeln, die mit Händen gemacht sind") und nutzt andererseits philosophische Aussagen als einen Verweis der Gemeinsamkeit, um die christliche Botschaft zu stützen („wie auch einige eurer Dichter sagen: Denn wir sind auch sein Geschlecht").*[168] *Damit geht Paulus einen Schritt, der im Gegensatz zu Tertullian steht und eher den Ansatz „Mehrschichtiger Bedeutungen" stützt. Anstatt jedwede Verbindung zwischen Jesus und außerbiblischen (philosophischen) Schriften zu unterbinden (Tertullian), wird von den Ähnlichkeiten zwischen beiden ein Nutzen gezogen, indem anknüpfend an die philosophische Lehre die Verständlichkeit der christlichen Lehre vereinfacht und die Glaubwürdigkeit des Christusgeschehens gefestigt werden soll (Paulus/Lewis).*

2.4 *Positive Bewertung außerbiblischer Christusanklänge*

2.4.1 Inklusives Offenbarungsverständnis (am Beispiel *Justins* und *Clemens von Alexandria*)

Als Vertreter eines *inklusiven Offenbarungsverständnisses* hebt Pöhlmann *Justin* und *Clemens von Alexandria* hervor. Letzteren sieht er dabei gewissermaßen als den Nachfolger des Ersteren an. Er erwähnt die *Apologien* des *Justin* und das Werk *Stromateis*, welches *Clemens von Alexandria* verfasste, um diese Zuordnung zu bekräftigen.[169] Die genannten Schriftstücke sollen nun betrachtet werden.

168 Mit diesen Worten zitiert Paulus den griechischen Dichter *Aratus*. Siehe dazu bspw.: N. T. Wright. Apostelgeschichte für heute: Band 2. Brunnen: Gießen, 2015. S. 128f. *Aratus* war ein griechischer Dichter, welcher von ca. 310 – ca. 245 v. Chr. lebte. Er wirkte am Hof eines makedonischen/mazedonischen Königs. Vgl. Beate Varnhorn/Anke Braun u. a. (Hrsg.). Das aktuelle wissen.de Lexikon in 24 Bänden: Band 2. a. a. O. S. 29.

169 Horst Georg Pöhlmann. Abriss der Dogmatik: Ein Kompendium. a. a. O. S. 42.

Interessanterweise hatten *Tertullian* und *Justin* das gleiche Anliegen: Die Verteidigung der christlichen Glaubenslehre. Beide galten als Apologeten.[170] Gleichzeitig hatten sie eine divergierende Meinung über die Beziehung des Christentums zu den Schriften und Lehren der Philosophen. *Justins* Position ist gut durch seine *Apologien* nachzuvollziehen, die er im 2. Jh. mit der Absicht verfasste, den christlichen Glauben gegenüber dem Kaiser und entgegen der Bewertung des Christentums als einer „intellektuell minderwertigen" Religion zu verteidigen.[171] Um seine Ansicht bezüglich des Nutzens außerbiblischer Schriften als Anklänge an das Jesusereignis darzustellen, wird sich auf zwei Passagen seiner *Apologien* bezogen. Die erste stammt aus seiner *ersten Apologie*. Er schreibt dort u. a.:

> *„Unverständige werden, um unsere Lehren [die des Christentums] zurückweisen zu können, vielleicht einwenden: Da nach unserer Behauptung erst vor 150 Jahren Christus unter Quirinius geboren worden ist und da er das, was wir als seine Lehre ausgeben, noch später unter Pontius Pilatus gelehrt hat, so seien alle Menschen, die vorher lebten, der Verantwortung enthoben. Darum wollen wir im voraus [sic!] diese Bedenken lösen. […]* ***Die****, welche mit Vernunft lebten,* ***sind Christen****, wenn sie auch für gottlos gehalten wurden, wie* ***bei den Griechen Sokrates, Heraklit und andere ihresgleichen****, unter den Nichtgriechen Abraham, Ananias, Azarias, Elias und viele andere, deren Taten und Namen aufzuzählen wir jetzt als zu weitläufig unterlassen möchten […]"*[172]

Justins Ansatz gründet auf einer grundlegenden Frage: Was ist mit den Menschen, die Jesus Christus nie kennengelernt haben, weil sie *vor* seinem Leben, Sterben und Auferstehen gelebt haben? Wenn der Weg zu Gott nur durch Jesus möglich ist (Johannes 14,6), haben

---

170 Bengt Hägglund. Geschichte der Theologie: Ein Abriß. a. a. O. S. 20.

171 Rochus Leonhardt. Grundinformation Dogmatik. a. a. O. S. 20. Siehe ebenso die Widmung in: Justin der Märtyrer. Erste Apologie. Kapitel 1. Nachzulesen auf: http://www.unifr.ch/bkv/kapitel77.htm (03.11.2020).

172 Justin der Märtyrer. Erste Apologie. Kapitel 46. Nachzulesen auf: http://www.unifr.ch/bkv/kapitel77-45.htm (21.11.2020).

doch die Menschen, die vor dem Christusereignis lebten, gar nicht die Möglichkeit, jemals bei Gott zu sein, oder?

Justin verneint diese Frage. Seiner Meinung nach gibt es ebenfalls für diese Menschen die Möglichkeit, zu Gott zu kommen. Und er erwähnt als Beispiele dabei nicht nur Personen aus dem Alten Testament (bspw. Abraham, Elias), sondern speziell auch die griechischen Dichter und Denker (*Sokrates* und *Heraklit*[173]). Bereits mit dieser Aussage lässt sich erkennen, dass *Justin* der (griechischen) Philosophie und damit auch den nichtbiblischen Schriften aufgeschlossener entgegentrat als *Tertullian*. Während Letzterer diese Dinge als Beginn einer jeden Irrlehre bezeichnet, kommt *Justin* viel mehr zu der Annahme, dass die Philosophen (u. a.) durch ihr Denken Wahrheiten erkannt haben, die sie zu Christen werden ließen. Wie kommt es nach *Justin* dazu? Um dieser Frage auf den Grund zu gehen, wird ein Ausschnitt aus seiner *zweiten Apologie* betrachtet:

> *„Als Christ erfunden zu werden, das ist, ich gestehe es, der Gegenstand meines Gebetes und meines angestrengten Ringens,* ***nicht als ob die Lehren Platons denen Christi fremd seien,*** *sondern weil sie ihnen nicht in allem gleichkommen, und ebensowenig die der anderen, der Stoiker, Dichter und Geschichtschreiber [sic!].* ***Denn jeder von diesen hat,*** *soweit er Anteil hat an dem in Keimen ausgestreuten göttlichen Logos und für das diesem Verwandte ein Auge hat,* ***treffliche Aussprüche getan.*** *Da sie sich aber in wesentlicheren Punkten widersprechen, zeigen sie damit, daß sie es nicht zu einem weitblickenden Wissen und zu einer unfehlbaren Erkenntnis gebracht haben.* ***Was immer sich also bei ihnen trefflich gesagt findet, gehört uns Christen an,*** *weil wir nach Gott den von dem ungezeugten und unnennbaren Gott ausgegangenen Logos anbeten und lieben, nachdem*

173 *Heraklit* (ca. 540 – ca. 480 v. Chr.) war ein griech. Philosoph, der auch auf das Denken des *Platon* einen Einfluss hatte. Nach *Heraklit* ist die Welt ständigen Veränderungen unterworfen, welche Ausdruck „eines ewigen Kampfes gegensätzl[icher] Prinzipien [sind], die einander jedoch im Gleichgewicht halten". Seine Lehre wurde darüber hinaus vom *Logos*-Begriff bestimmt, welcher für ihn die natürliche Vernunft ausdrückte, die jedem Menschen innewohne und aus der heraus der Mensch Ordnung und Gesetz erkennt. Vgl. Beate Varnhorn/Anke Braun u. a. (Hrsg.). Das aktuelle wissen.de Lexikon in 24 Bänden: Band 9. a. a. O. S. 244f. Siehe zum *Logos*-Begriff der Exkurs („Der *Logos*-Begriff") weiter unten.

er unsertwegen Mensch geworden ist, um auch an unsern Leiden teilzuhaben und Heilung zu schaffen. ***Alle jene Schriftsteller konnten also vermöge des ihnen innewohnenden, angeborenen Logoskeimes*** *nur dämonenhaft* ***das Wahre schauen.*** *Denn etwas anderes ist der Keim einer Sache und ihr Nachbild, die nach dem Maße der Empfänglichkeit verliehen werden, und etwas anderes die Sache selbst, deren Mitteilung und Nachbildung nach Maß der von ihr kommenden Gnade geschieht."*[174]

Exkurs: Der *Logos*-Begriff

Um die Aussagen des Justin richtig verstehen zu können, muss an dieser Stelle etwas über den Logos-Begriff (griech. λογός logọs = „das Wort"[175]*) gesagt werden. Dies kann, um den Umfang der Arbeit nicht zu übersteigen, nur überblicksmäßig geschehen.*

Der Logos ist ein wesentlicher Ausdruck der griechischen Philosophie. Der Neutestamentler Udo Schnelle bezeichnet ihn gar als „Leitbegriff der griechisch-römischen Kultur- und Bildungsgeschichte".[176] *So wichtig dieses Wort allerdings auch für die damalige Zeit sein mag, so immens sind daneben die unterschiedlichen Bedeutungen, die dem Logos im Detail von den antiken Dichtern und Denkern zugesprochen werden. Einige Beispiele seien genannt:*

Nach Heraklit war der Logos der Ausdruck für das dem Menschen innewohnende „Weltgesetz"; alle Gedanken, Sinne und die Vernunft hat der Mensch durch den Logos, welcher selbst von Gott kommt. Der Logos ist das, was die Menschen

174 Justin der Märtyrer. Zweite Apologie. Kapitel 13. Nachzulesen auf: http://www.unifr.ch/bkv/kapitel78-12.htm (21.11.2020).

175 Vgl. Gustav Eduard Benseler. Griechisch-Deutsches Schul-Wörterbuch. a. a. O. S. 518.

176 Udo Schnelle. Das Evangelium nach Johannes. Evangelische Verlagsanstalt: Leipzig, 2009[4]. S. 37.

miteinander verbindet. Er wohnt, Heraklit folgend, in der Seele des Menschen.[177]

Parmenides[178] *umschrieb mit Logos „das Wesentliche" der Welt. Dieses wiederum war für ihn* „das logische Denken", *welches den Menschen den Unterschied zwischen Wahrheit und Täuschung erkennen lässt. Er unterscheidet dabei das sinnliche Wahrnehmen eines Menschen, welches Parmenides zufolge nur trügerische Schlussfolgerungen hervorbringt, von dem logischen Denken, dem Logos, dass das „einzige Kriterium der Wahrheit" sein kann.*[179]

Zenon und Kleanthes[180] *beschrieben den „göttliche[n] Weltgeist" (nach Zenon und Kleanthes ebenso gleichzusetzten mit dem griech. Gott Zeus) als den Logos. Er ist eine „göttliche Ursubstanz", der, in Anlehnung an die Lehren Heraklits, die gesamte Welt und die sich darin befindlichen Gegensätze zusammenhält.*[181]

Der Logos war somit für die antiken Philosophen der Kern ihres Denkens; nach Sokrates das „denkende Gewissen"[182] *und für Platon das, was zur Erklärung aller Dinge nötig sei.*[183] *Er ist eben nicht einfach „das Wort", sondern ebenso „der Sinn" hinter*

---

177 Walther Kranz. Griechische Philosophie. a. a. O. S. 55.

178 Griech. Philosoph (ca. 540 – ca. 480 v. Chr.), der nicht durch die später dominierenden Lehren des *Sokrates* beeinflusst wurde, weshalb er als „Vorsokratiker" bezeichnet wird. Vgl. Beate Varnhorn/Anke Braun u. a. (Hrsg.). Das aktuelle wissen.de Lexikon in 24 Bänden: Band 16. Wissen Media Verlag: Gütersloh/München, 2004. S. 296.

179 Walther Kranz. Griechische Philosophie. a. a. O. S. 60 (*Hervorhebungen* im Original).

180 Nach Walther Kranz die zwei „bedeutendsten Lehrer der alten Stoa" (Walther Kranz. Griechische Philosophie. a. a. O. S. 294.). Die *Stoa* war eine um das Jahr 300 v. Chr. gegründete philosophische Schule, die sich überwiegend mit Fragen der Ethik auseinandersetzte. Die Weisheit als bis dahin oberstes Gut wich hier nach und nach der Tugend als das Wichtigste im Leben [Beate Varnhorn/Anke Braun u. a. (Hrsg.). Das aktuelle wissen.de Lexikon in 24 Bänden: Band 21. Wissen Media Verlag: Gütersloh/München, 2004. S. 114.].

181 Walther Kranz. Griechische Philosophie. a. a. O. S. 301.

182 Ebd. S. 145.

183 Ebd. S. 185.

allem.[184] *Johann Wolfgang von Goethe bringt diese Weite des Begriffes in seinem weltbekannten Werk* Faust *auf den Punkt:*

„Geschrieben steht: ‚im Anfang war das Wort [Logos]!'
Hier stock ich schon! Wer hilft mir weiter fort?
Ich kann das Wort so hoch unmöglich schätzen,
Ich muss es anders übersetzen,
Wenn ich vom Geiste recht geleitet bin.
Geschrieben steht: im Anfang war der Sinn.
Bedenke wohl die erste Zeile,
Dass deine Feder sich nicht übereile!
Ist es der Sinn, der alles wirkt und schafft?
Es sollte stehn: im Anfang war die Kraft!
Doch, auch indem ich dieses niederschreibe,
Schon warnt mich was, dass ich dabei nicht bleibe.
Mir hilft der Geist! Auf einmal seh ich Rat
Und schreibe getrost: im Anfang war die Tat!"[185]

Aus diesem Bedeutungsspektrum des Logos heraus muss es besonders provokant für die griechischen Leser gewesen sein, wenn der Apostel Johannes in seinem Bericht über Jesus diesen mit dem Logos gleichsetzt:[186]

„Im Anfang war das Wort [Logos] und das Wort war bei Gott und das Wort war Gott. *Dieses war im Anfang bei Gott. Alles ist durch das Wort geworden und ohne es wurde nichts, was geworden ist. In ihm war Leben und das Leben war das Licht der Menschen. Und das Licht leuchtet in der Finsternis und die Finsternis hat es nicht erfasst…* ***Und das Wort ist Fleisch geworden und hat unter uns gewohnt und wir haben seine***

184 Ebd. S. 333.

185 Johann Wolfgang Goethe. Faust: Der Tragödie Erster Teil. Reclam: Ditzingen, 2000. V. 1224 – 1237.

186 Das *Faust*-Zitat bezieht sich auf den ersten Vers der nun folgenden Bibelpassage (Siehe dazu in ebd. V. 1217 – 1223.).

Herrlichkeit geschaut, die Herrlichkeit des einzigen Sohnes vom Vater, voll Gnade und Wahrheit*. […] Aus seiner Fülle haben wir alle empfangen, Gnade über Gnade. Denn das Gesetz wurde durch Mose gegeben, die Gnade und die Wahrheit kamen durch Jesus Christus. Niemand hat Gott je gesehen. Der Einzige, der Gott ist und am Herzen des Vaters ruht, er hat Kunde gebracht." (Johannes 1,1–5.14–18; Einheitsübersetzung [2016])*

Udo Schnelle fast das Gewicht dieser Aussage folgendermaßen zusammen: „Wenn im [Johannes-]Prolog Jesus Christus mit dem [Logos] identifiziert wird, legt sich ein einzigartiger Anspruch nahe: Im Logos Jesus Christus kulminiert die antike Religions- und Geistesgeschichte, er [Jesus] ist der Ursprung und das Ziel allen Seins."[187]

Hier endet der Exkurs zum *Logos*-Begriff. Es wird nun zurück zu *Justians Apologie* gegangen. Um auf diese besser eingehen zu können, wird der entscheidende Ausschnitt auszugsweise noch einmal wiederholt:

„[…] ***nicht als ob die Lehren Platons denen Christi fremd seien*** *[…]* ***Denn jeder von diesen*** *[Stoiker, Dichter und Geschichtschreiber [sic!]]* ***hat****, soweit er Anteil hat an dem in Keimen ausgestreuten göttlichen Logos und für das diesem Verwandte ein Auge hat,* ***treffliche Aussprüche getan.*** *Da sie sich aber in wesentlicheren Punkten widersprechen, zeigen sie damit, daß sie es nicht zu einem weitblickenden Wissen und zu einer unfehlbaren Erkenntnis gebracht haben.* ***Was immer sich also bei ihnen trefflich gesagt findet, gehört uns Christen an,*** *weil wir nach Gott den von dem ungezeugten und unnennbaren Gott ausgegangenen Logos anbeten und lieben […].* ***Alle jene Schriftsteller konnten also vermöge des ihnen innewohnenden, angeborenen Logoskeimes*** *nur dämonenhaft* ***das Wahre schauen.*** *Denn etwas anderes ist der Keim einer Sache und ihr Nachbild, die nach dem Maße der Empfänglichkeit*

187 Udo Schnelle. Das Evangelium nach Johannes. a. a. O. S. 37.

verliehen werden, und etwas anderes die Sache selbst, deren Mitteilung und Nachbildung nach Maß der von ihr kommenden Gnade geschieht.“[188]

Justin macht hier deutlich, dass es, entgegen der Ansicht *Tertullians*, nützliche Verbindungen zwischen (vorchristlichen) außerbiblischen Schriften bzw. Lehren und dem Christusgeschehen gibt. Die Philosophen der vorchristlichen Zeit haben Wahrheiten ausgesprochen und aufgeschrieben und *Justin* ermutigt dazu, diese hinzuzuziehen, um die christliche Botschaft zu stützen. Diese Wahrheiten der Philosophen, die Anklänge an das Jesusereignis, bewertet *Justin* dabei als so gewichtig, dass er manche der Philosophen als Christen ansieht.[189] Grund für die Ähnlichkeiten ist nach *Justin* der dem Menschen innewohnende *Logos*[190], der die Dichter und Denker der Antike dazu befähigte, einen Teil der vollkommenen Wahrheit, des Jesusereignisses, zu sehen.[191] Wenn er in seiner *ersten Apologie* schreibt, dass „die, welche mit Vernunft lebten, [Christen] sind“[192], spielt er mit hoher Wahrscheinlichkeit an dieser Stelle auf den *Logos* an, der nach *Heraklit* der Ursprung aller Vernunft ist.[193] Allerdings muss betont werden, was *Justin* selbst betont: Die Schriften und Lehren der vorchristlichen Philosophen sind nicht *gleich* dem Christusgeschehen, sondern ähnlich zu diesem. *Justin* hebt deutlich hervor, dass die außerbiblischen Schriften neben den Anknüpfungspunkten gravierende Unterschiede zur christlichen Lehre aufzeigen und dass diese ausdrücklich von den Gemeinsamkeiten zu trennen sind! Der Christ soll nur das aus nichtbiblischer Lektüre herausnehmen, was „trefflich“, das heißt wahrheitsgemäß, in diesen gesagt wurde. Auf

---

188 Justin der Märtyrer. Zweite Apologie. Kapitel 13. Nachzulesen auf: http://www.unifr.ch/bkv/kapitel78-12.htm (21.11.2020).

189 Siehe das Zitat aus seiner *ersten Apologie* (Justin der Märtyrer. Erste Apologie. Kapitel 46. Nachzulesen auf: http://www.unifr.ch/bkv/kapitel77-45.htm [03.11.2020].).

190 Siehe der vorherige Exkurs.

191 Pöhlmann fast diese Ansicht *Justins* so zusammen: „Gott hat nach Justin überall in seiner Schöpfung den Samen der Wahrheit ausgesät“ (Horst Georg Pöhlmann. Abriss der Dogmatik: Ein Kompendium. a. a. O. S. 42.).

192 Justin der Märtyrer. Erste Apologie. Kapitel 46. Nachzulesen auf: http://www.unifr.ch/bkv/kapitel77-45.htm (03.11.2020).

193 Walther Kranz. Griechische Philosophie. a. a. O. S. 55.

diese „trefflich[en]" Aussagen jedoch darf und soll der an Jesus Glaubende nach *Justin* aufmerksam machen, um die Bedeutsamkeit des Christusereignisses damit zu bekräftigen.

Justins Position fand große Unterstützung vor allem bei dem später lebenden *Clemens von Alexandrien*. Bevor die hier gesammelten Punkte mit dem Ansatz Lewis' in Verbindung gebracht werden, wird dieser daher ebenfalls zu Wort kommen. Es sollen dabei nur ergänzend zu *Justin* Gedanken herausgenommen werden.

Der in der antiken Stadt Alexandria/Alexandrien wirkende Theologe *Clemens* wurde hauptsächlich durch seine Lehre des Christentums als einer „Erziehung durch Gott" bekannt. Diese Erziehung Gottes war für ihn „der eigentliche Sinn des ganzen materiellen Daseins". Einen Großteil seiner Lehre fasste er in der Schrift *Stromateis* (griech. στρωματεῖς *strōmateis* = „Teppiche"/„buntes Gewebe"[194]) zusammen.[195] In diesem Werk finden sich Teile, die hilfreich für eine Bewertung der in dieser Arbeit dargestellten Ansichten Lewis' sein können. Er schreibt an einer Stelle:

> *„**Nun war** vor der Ankunft des Herrn **die Philosophie für die Griechen zur Rechtfertigung notwendig; jetzt aber wird sie nützlich** für die Gottesfurcht, **indem sie eine Art Vorbildung für die ist, die den Glauben durch Beweise gewinnen wollen.** ‚Denn dein Fuß', so heißt es, ‚wird nicht anstoßen',[196] wenn du alles Gute, mag es sich bei den Griechen oder bei uns finden, auf die Vorsehung zurückführst. […] **Vielleicht wurde die Philosophie aber auch um ihrer selbst willen den Griechen gegeben** zu jener Zeit, bevor der Herr auch die Griechen berufen hatte; **denn auch sie erzog das Griechenvolk für Christus wie das Gesetz die Hebräer. Demnach bahnt die Philosophie den Weg und bereitet den vor, der von Christus vollendet werden soll.**"*[197]

---

194 Vgl. Gustav Eduard Benseler. Griechisch-Deutsches Schul-Wörterbuch. a. a. O. S. 788.

195 Bengt Hägglund. Geschichte der Theologie: Ein Abriß. a. a. O. S. 47.

196 *Clemens von Alexandrien* zitiert hier einen Vers aus dem Alten Testament: „Dann gehst du sicher deinen Weg, dein Fuß stößt nirgends an" (Sprüche 3,23; Elberfelder Übersetzung).

197 Clemens von Alexandrien. Teppiche (Stromateis). Erstes Buch: Kapitel 5. Nachzulesen auf: http://www.unifr.ch/bkv/kapitel151.htm (03.11.2020).

Ganz im Sinne seiner Lehre, dass das gesamte Leben eine Erziehung durch Gott sei, sieht *Clemens von Alexandrien* die Philosophie und damit einhergehend die (vorchristlichen) außerbiblischen Schriftzeugnisse als ein Erziehungsinstrument, durch welches die Menschen auf Christus hingewiesen werden sollen. Er zieht dabei einen interessanten Vergleich: Die Schriften und Lehren der antiken Philosophen erzogen die Griechen auf die gleiche Art und Weise, wie das Gesetz[198] das Volk Israel erzog: Als eine Vorbereitung auf Jesus Christus.[199] Sieht der Christ demnach eine Verbindung zwischen außerbiblischen Schriften und dem Christusgeschehen, so ist dies nach *Clemens* eine natürliche Sache, da jeder Mensch von Gott auf Jesus Christus vorbereitet wird; die Juden in der damaligen Zeit durch das Alte Testament und die Griechen durch die Gedanken ihrer Dichter und Denker.

Auch *Clemens von Alexandrien* sah Anklänge an das Jesusgeschehen in nichtbiblischen Schriften. *Tertullian* sah den Beginn der Häresie, *Justin* eine Bekräftigung des christlichen Glaubens und *Clemens von Alexandrien*? Er sah eine *Notwendigkeit*: Die Ähnlichkeiten waren erforderlich, denn nur durch diese vermochten die Griechen nach seinem Verständnis das reelle Christusereignis richtig zu deuten. Er gründet die Verbindungen zwischen dem Jesusglauben und den Lehren der vorchristlichen Zeit auf der Vorsehung. Im fünften Buch der *Teppiche* spricht *Clemens von Alexandrien* davon, dass, wenn sich Verbindung zwischen *Platons* Schriften und dem christlichen Glauben finden lassen, *Platon* diese Gedanken von Gott eingegeben bekommen hat.[200] Im gewissen Maße kann man hier

---

198 Gemeint ist mit hoher Wahrscheinlichkeit das Gesetz, welches dem Volk Israel [den Hebräern] von Gott am Berg Sinai gegeben wurde (Vgl. das alttestamentliche Buch *Exodus* Kapitel 19ff.).

199 Vermutlich denkt *Clemens von Alexandrien* dabei an die Worte des Paulus im Brief an die Galater: „Also ist das Gesetz unser Zuchtmeister auf Christus hin geworden, damit wir aus Glauben gerechtfertigt würden" (Galater 3,24; Elberfelder Übersetzung). Die exakte Bedeutung des Verses ist umstritten. Diese Debatte kann an dieser Stelle allerdings nicht näher betrachtet werden. Hilfreiche und leicht verständliche Gedanken zu möglichen Auslegungen finden sich u. a. bei dem Neutestamentler Hans-Joachim Eckstein. Christus in euch: Von der Freiheit der Kinder Gottes: Eine Auslegung des Galaterbriefs. Vandenhoeck & Ruprecht: Göttingen, 2017. S. 124f.

200 Clemens von Alexandrien. Teppiche (Stromateis). Fünftes Buch: Kapitel 3. Nachzulesen auf: http://www.unifr.ch/bkv/kapitel245.htm (03.11.2020).

den Ansatz einer außerbiblischen Prophetie erkennen. Dennoch war sich *Clemens von Alexandrien* bewusst: „Es gibt freilich nur einen einzigen Weg zur Wahrheit [vgl. Johannes 14,6], aber in ihn münden wie in einen unversieglichen Strom die Gewässer von allen Seiten ein.“ [201] Auch wenn er die außerbiblischen Christusverweise als Vorsehung ansah, so betonte er doch, dass diese Verweise am Ende alle nur dem Zweck dienen, auf Jesus Christus hinzudeuten. Die Verweise waren auch bei *Clemens von Alexandrien* kein Ersatz zum tatsächlichen Glauben an Jesus.

Was bedeuten diese Inhalte und Meinungen in Bezug auf den Ansatz „Mehrschichtiger Bedeutungen“? Es soll hier auf die gleiche Art und Weise verfahren werden wie in 2.3.1 („Exklusives Offenbarungsverständnis [am Beispiel *Tertullians*]): Einigen Überlegungen zur Bewertung des Ansatzes Lewis‘ auf Grundlage von *Justin* und *Clemens von Alexandrien* folgt in 2.4.2 („Antwort auf *Justin* und *Clemens von Alexandrien*“) eine Reaktion auf diese Gedanken.

1. Verweise sind Verstärkung!
   Es ist vorstellbar, dass *Justin* und Lewis sich gegenseitig zugestimmt hätten. Beide sehen in den Anklängen an das Christusgeschehen Bekräftigungen ihres Glaubens. Im Lichte des Jesusereignisses lässt sich erkennen, welche Wahrheit in den unteren Schichten der Gedanken der antiken Philosophen bis dahin verborgen war. Wohlmöglich hätte *Justin* Lewis‘ Ansatz bejaht und gesagt: *Ich sehe das genauso wie du!*

2. Ähnlichkeiten sind das Ergebnis des logischen Denkens bzw. der natürlichen Weisheit!
   Auch die Frage nach dem Zustandekommen der Jesusverweise beantwortet *Justin* auf eine Art und Weise, die sehr an Lewis erinnert. *Justin* sieht die Ähnlichkeiten als Ergebnis des *Logos*, der Vernunft, welche(r) den Menschen von Gott gegeben ist. Ebenso sah Lewis die Verbindungen dadurch erklärt, dass den Philosophen von Gott eine natürliche Weisheit gegeben wurde, die

---

201 Clemens von Alexandrien. Teppiche (Stromateis). Erstes Buch: Kapitel 5. Nachzulesen auf: http://www.unifr.ch/bkv/kapitel151-1.htm (03.11.2020).

sie von Gott erhalten haben.[202] Somit könnte man hier auf die gleiche Weise zusammenfassen: *Lewis ist zuzustimmen!*

3. Solche Anklänge sind göttliche Vorsehung!
   Anders verhält es sich, wenn man *Clemens von Alexandrien* folgt, der die Christusverweise als göttliche Vorsehung betrachtete. Ähnlich wie Lewis wird das Zustandekommen der Ähnlichkeit zwischen nichtbiblischen Schriftzeugnissen und dem Jesusgeschehen aufgrund eines Zufalls bei *Clemens von Alexandrien* abgelehnt. Doch entgegen Lewis belässt er es nicht bei einer natürlichen Weisheit, sondern verweist auf Gott, der dem Autor der außerbiblischen Schrift bewusst diese Verbindung als Gedanken eingegeben hat. Auf den Ansatz „Mehrschichtiger Bedeutungen" bezogen wäre folgende Formulierung möglich: *Die Autoren der nichtbiblischen Christusverweise waren nicht einfach schlau! Sie wurden von Gott zu ihren Aussagen inspiriert! Dieser Anklang ist gottgewollt; er ist von Gott selbst hervorgerufen worden!*

4. Wiedersehen im Himmel!
   Justin bezeichnete jene, die Dinge geschrieben haben, die sich mit dem Christusereignis in Verbindungen bringen lassen, als Christen.[203] Ähnlich wie *Clemens von Alexandrien* an anderer Stelle geht *Justin* hier etwas weiter als C. S. Lewis. Bei Lewis finden sich durchaus Aussagen über die *Möglichkeit* der Errettung dieser Autoren, doch bleibt Lewis dabei vorsichtig und äußert es als eine Vermutung.[204] *Justin* hingegen klingt selbstbewusster mit seiner Benennung des *Sokrates* als einen Christen.[205] An diesem Punkt könnte es sein, dass *Justin* Lewis entgegnen könnte: *Du hoffst auf*

202 Vgl. Punkt 1.3.2 („Das Entstehen außerbiblischer Christusverweise") dieser Arbeit.

203 Justin der Märtyrer. Erste Apologie. Kapitel 46. Nachzulesen auf: http://www.unifr.ch/bkv/kapitel77-45.htm (03.11.2020).

204 Clive Staples Lewis. Das Gespräch mit Gott: Beten mit den Psalmen. a. a. O. S. 120.

205 Justin der Märtyrer. Erste Apologie. Kapitel 46. Nachzulesen auf: http://www.unifr.ch/bkv/kapitel77-45.htm (03.11.2020).

ein Wiedersehen mit den Philosophen im Himmel? Ich sage dir: Sei dir dessen gewiss, dass du sie sicher dort wiedersehen wirst![206]

2.4.2 Antwort auf *Justin* und *Clemens von Alexandria*

Analog zu 2.3.2 („Antwort auf *Tertullian*") soll nun auf die vorher genannten Einwände eingegangen werden. Da in den Überlegungen 1 („Verweise sind Verstärkungen!") und 2 („Ähnlichkeiten sind das Ergebnis des logischen Denkens bzw. der natürlichen Weisheit!") lediglich dem Ansatz „Mehrschichtiger Bedeutungen" zugestimmt wird, wird hier auf eine Antwort auf diese Punkte verzichtet.[207]

3. Solche Anklänge sind göttliche Vorsehung!
   Lewis macht zwar deutlich, dass er in einigen Christusverweisen mehr als einen Zufall sieht, betont aber gleichzeitig, dass er die Ähnlichkeiten zum Christusereignis klar von einer göttlichen Prophetie unterscheidet.[208] Während *Clemens von Alexandrien* die Ähnlichkeiten als den Griechen von Gott gegeben darstellt, damit jene durch diese Anklänge erzieherisch auf Jesus vorbereitet werden[209], legt Lewis eher den Fokus darauf, die Ähnlichkeiten als Auferbauung der bereits gläubigen Christen anzusehen.[210] In seinem Buch über die Psalmen macht Lewis zugegebenermaßen bewusst auf die Anklänge an das Jesusgeschehen aufmerksam, doch es ist vorstellbar, dass er versuchen würde, *Clemens von Alexandrien* etwas zu beschwichtigen, damit er die Verbindungen zwischen (vorchristlichen) außerbiblischen

206 Vgl. Clive Staples Lewis. Das Gespräch mit Gott: Beten mit den Psalmen. a. a. O. S. 120.

207 Gerade diese übereinstimmenden Punkte lassen in einem die Vermutung anwachsen, Lewis hätte *Justin* sogar gelesen.

208 Clive Staples Lewis. Das Gespräch mit Gott: Beten mit den Psalmen. a. a. O. S. 113. Siehe auch Punkt 1.3.2 („Das Entstehen außerbiblischer Christusverweise").

209 Siehe weiter oben (2.4.1 [„Inklusives Offenbarungsverständnis [am Beispiel *Justins* und *Clemens von Alexandria*]").

210 Clive Staples Lewis. Das Gespräch mit Gott: Beten mit den Psalmen. a. a. O. S. 119. Obwohl gewisse Aussagen in seiner Autobiografie ebenfalls aufzeigen, dass Lewis manche Verbindungen als einen Schritt hin zum Jesusgeschehen ansah (Siehe bspw. das Zitat am Ende von 1.5 [„Zusammenfassung"].).

Schriftzeugnissen und dem Christusgeschehen nicht überbewertet.

Ob nichtbiblische Jesusanklänge das Ergebnis einer außerbiblischen Vorhersage der Zukunft sind, welche die Griechen (u. a. Völker) auf Jesus vorbereiten sollten, vermag am Ende Gott allein zu beantworten. An dieser Stelle ist C. S. Lewis beizupflichten, wenn er seine gezogenen Verbindungen strikt von solchen Prophetien trennt. Die bewusste Trennung bewahrt vor unnötigen Überbetonungen, die am Ende ggf. das tatsächliche Jesusereignis in den Hintergrund rücken lassen. Dass man dennoch auf die Ähnlichkeiten aufmerksam machen kann, steht diesem Vorgehen nicht im Weg.

4. Wiedersehen im Himmel!

Wie bereits erwähnt, äußert sich Lewis in den Ausführungen seines Ansatzes ebenfalls über die *Möglichkeit* des Verbleibes der Philosophen im Himmel.[211] Der entscheidende Unterschied zu *Justin* ist hierbei die konjunktivische Form seiner Überlegungen dazu. Demnach liegt es im Bereich des Möglichen, dass Lewis *Justin* sinngemäß entgegnen würde: *Ob die Autoren der Christusanklänge tatsächlich Christen waren, ist eine Sache zwischen ihnen und Gott. Mir selbst steht dieses Urteil nicht zu, auch wenn ich hoffen darf, dass du Recht behältst.*

Die selbstbewusste Charakterisierung einiger antiken Dichter und Denker als Christen durch *Justin* erscheint als zu anmaßend. Gott ist derjenige, der die Herzen der Menschen kennt und prüft und er ist der, der solche Einschätzungen zu treffen hat.[212] Auch C. S. Lewis geht an dieser Stelle einen Schritt weiter, als angebracht wäre. Jedem Menschen Gutes, und in dessen ausgeprägtester Form den Frieden mit Gott durch Jesus Christus, zu wünschen, ist unbestreitbar etwas Lobenswertes. Doch alle Spekulation über den Glaubenszustand einer Person, gerade bei Menschen, die vor Christi Geburt gelebt haben, bleiben am

211 Clive Staples Lewis. Das Gespräch mit Gott: Beten mit den Psalmen. a. a. O. S. 120.

212 Siehe u. a. das alttestamentliche Buch der Sprüche: „Jeder Weg eines Mannes ist gerade in seinen Augen, aber der die Herzen prüft, ist der Herr“ (Sprüche 21,2; Elberfelder Übersetzung).

Ende eben genau das: Spekulation. Solche Vermutungen müssen daher sehr zurückhaltend geäußert werden. Am sichersten wäre es wahrscheinlich, diese sogar gänzlich zu unterlassen.[213]

5. *Exkurs:* Der *Logos* als Stütze des Ansatzes „Mehrschichtiger Bedeutungen"!

Zum Abschluss soll nochmal auf etwas hingewiesen werden, was wünschenswerterweise der Exkurs über den Logos-Begriff weiter oben bereits zum Ausdruck gebracht hat: Selbst die Bibel knüpft an philosophische Lehren (und Schriften) an, um die Bedeutung der frohen Botschaft des Jesusgeschehens, des Evangeliums, besser hervorzuheben.

Die Ausführungen zum Logos haben, mit Verweis auf einen Kommentar Udo Schnelles, dargestellt, dass ebenso die neutestamentlichen Autoren Verbindungen zwischen Christusereignis und nichtbiblischen Schriften hergestellt haben.[214] *Ein weiteres Beispiel wurde in ähnlicher Weise in dieser Arbeit erwähnt: Die Zitierung eines griechischen Dichters durch den Apostel Paulus*

---

213 Es soll nicht unerwähnt bleiben, dass gewisse Bibelstellen durchaus die Möglichkeit des Glaubens an Jesus ebenso für vorchristliche Menschen eröffnen (v. a. 1. Petrus 3,19f.; 4,6). Die genaue Bedeutung dieser Bibelverse wird jedoch stark diskutiert. Diese Debatte kann aufgrund des Umfangs im Rahmen dieser Arbeit nicht näher betrachtet werden. Ein guter Einstieg lässt sich finden in: Werner de Boor/Adolf Pohl (Hrsg.). Wuppertaler Studienbibel: Die Briefe des Petrus und der Brief des Judas. R. Brockhaus: Wuppertal, 1981. S. 117–120. 129–131.

214 Vgl. Udo Schnelle. Das Evangelium nach Johannes. a. a. O. S. 35–37.

in Athen, welche in der Apostelgeschichte überliefert ist.[215] *Diese Beispiele sollten verdeutlichen, dass der Ansatz „Mehrschichtiger Bedeutungen" durchaus eine gute (biblische) Bekräftigung findet und dass es „gute Gründe dafür [gibt], nicht alle zweiten Bedeutungsebenen als Unrat hinauszukehren."*[216]

2.5 Zusammenfassung

Es wäre nicht gerecht, Lewis' Vorgehen als eine Erfindung des 20. Jh. zu beschreiben. Fast identisch klingt der Umgang, den *Justin* mit (vorchristlichen) außerbiblischen Schriften in Bezug auf Jesus Christus pflegte. Doch schon damals wurde ein solcher Ansatz nicht ohne kritische Anmerkungen stehen gelassen. Dem von C. S. Lewis zu Recht selbst eingebrachten Einwand einer möglichen Eisegese müssen weitere Punkte hinzugefügt werden.

Von Vertretern eines *exklusiven* Offenbarungsverständnis wird berechtigterweise angemerkt, dass durch das Aufzeigen von Christusverweisen in Schriften außerhalb der Bibel der Eindruck entstehen könnte, die Heilige Schrift würde als Lehrschrift des Christentums nicht ausreichen. Aus diesem Grund gilt es hervorzuheben, dass die Bibel bei einem Vergleich stets die Komponente zu sein hat, an der sich eine mögliche Verbindung zu messen hat. Dinge, die sich in einer außerbiblischen Schrift nicht mit der Bibel vereinbaren lassen, sich

---

215 Siehe der Exkurs in 2.4.3 („Antwort auf *Tertullian*"). Vgl. Apostelgeschichte 17,16–34. Auch im Titusbrief zitiert Paulus einen außerbiblischen Dichter. Titus 1,12f. (Elberfelder Übersetzung): „Es hat einer von ihnen, ihr eigener Prophet, gesagt: ‚Kreter sind immer Lügner, böse, wilde Tiere, faule Bäche.' Dieses Zeugnis ist wahr." Paulus zitiert hier den im 6. Jh. v. Chr. in Athen wirkenden Philosophen *Epimenides* (Heinz-Werner Neudorfer [Hrsg.]. Der Brief des Paulus an Titus [Historisch-Theologische Auslegung]. SCM R. Brockhaus: Witten/Brunnen: Gießen, 2012. S. 106.). Zweifellos bezieht Paulus dieses Zitat nicht auf Jesus, doch verdeutlicht es dennoch, dass die Autoren des Neuen Testaments nichtbiblische Quellen nicht ohne Weiteres ignorierten.

Die Echtheit des Titusbriefes als ein Brief des Paulus wird in der modernen Einleitungswissenschaft bestritten (Siehe z. B. in: Petr Pokorný/Ulrich Heckel. Einleitung in das Neue Testament: Seine Literatur und Theologie im Überblick. Mohr Siebeck: Tübingen, 2007. S. 655. 661–667.). Mit dem Verweis auf die Argumentation der Theologen Donald A. Carson und Douglas J. Moo wird in dieser Arbeit an der Echtheit des Briefes festgehalten (Donald A. Carson/Douglas J. Moo. Einleitung in das Neue Testament [Mit einem Geleitwort von Rainer Riesner]. Brunnen: Gießen, 2010. S. 671–688. [Siehe ebd. für weitere Autoren, die von der Echtheit des Paulusbriefes ausgehen.]).

216 Vgl. Clive Staples Lewis. Das Gespräch mit Gott: Beten mit den Psalmen. a. a. O. S. 120.

demnach von dieser unterscheiden, müssen bei einer Gegenüberstellung unbedingt mit erwähnt werden, denn gerade diese *Unterschiede* zeigen die Bedeutsamkeit und Einzigartigkeit des Evangeliums. Die Anklänge an das Christusgeschehen können allenfalls als Anknüpfungspunkte für die Darstellung des Jesusgeschehens dienen, nicht aber als deren Ersatz. Zieht man daher in einer außerbiblischen Schrift eine Verbindung zu Jesus Christus, darf nicht aus den Augen verloren werden, dass in dieser Verbindung nicht Jesus selbst zu finden ist, sondern lediglich eine Erinnerung an ihn. Sein Leben, Sterben und Auferstehen, wie es in der Bibel überliefert ist, ist der entscheidende Prüfstein. Darüber hinaus ist es Jesus Christus selbst, nicht eine Ähnlichkeit zu ihm, der den Menschen das Leben und den Frieden mit Gott schenkt. Diese klare Unterscheidung findet bei Lewis zu wenig Berücksichtigung.

Ein Vorgehen, welches auf Ähnlichkeiten zwischen biblisch bezeugtem Christusgeschehen und (vorchristlichen) außerbiblischen Schriftzeugnissen aufmerksam macht, ist *summa summarum* zu befürworten. Entscheidend ist dabei allerdings eine gesunde Gewichtung dieser Verweise. Sie dürfen nicht zum Ersatz des tatsächlichen Christusereignisses werden und dieses in keiner Weise in den Hintergrund rücken lassen. Dennoch können sie gute Hinweise geben und Hilfesteller sein, um einem Gegenüber das Jesusgeschehen näher zu bringen; eine Anknüpfung zur Entfaltung der frohen Botschaft von Jesus Christus.

3. Lewis' Ansatz „Mehrschichtiger Bedeutungen" am Beispiel der *Alkestis* des *Euripides*

Der letzte Teil der Arbeit soll Lewis' Ansatz nun an einem selbst gewählten Beispiel erneut anwenden. Die unter Punkt 2 („Exklusives und Inklusives Offenbarungsverständnis) erarbeiteten Dinge sollen dabei mit berücksichtigt werden. Inspiriert durch ein Essay des Neutestamentlers Simon J. Gathercole wurde hierfür die Tragödie *Alkestis* des griechischen Dichters *Euripides* als Beispiel ausgewählt.[217]

Zu Beginn wird in einem Exkurs überblicksmäßig das Leben und Schaffen des Griechen *Euripides* dargestellt. Danach folgt eine Zusammenfassung der Tragödie der *Alkestis*. In einem weiteren Punkt wird die mögliche „Mehrschichtige Bedeutung" aus dem Stück herausgestellt und dem Christusgeschehen gegenübergestellt.

3.1 *Exkurs:* Abriss über Leben und Schaffen *Euripides'*

Eine gesicherte und vollständige Darstellung des Lebens des Euripides ist aufgrund der überschaubaren Quellenlage nur begrenzt möglich und einige Informationen sind dabei nach wie vor spekulativ bzw. mit hoher Wahrscheinlichkeit das Ergebnis fantastischer Übertreibung.[218] Ein möglicher Grund dafür könnte sein, dass Euripides erst in späteren Jahren mit seinen Werken zu Berühmtheit gelangte und man sich um die Erfassung seines Lebens vor seinem Wirken erst zu einer Zeit bemühte, als „das persönliche Leben des Dichters [bereits] hinter seinem Werk im Dunkel der Vergessenheit versunken [war]".[219]

217 Simon Gathercole. Defending Substitution: An Essay on Atonement in Paul. Baker Academic: o. O., 2015. Speziell S. 90–103.

218 Heinrich Kuch. Euripides. Reclam: Leipzig, 1984. S. 5f.

219 Ebd.

Dennoch sei hier ein Überblick über seinen vermutlichen Lebenslauf gegeben.[220]

Angeblich wurde der griechische Dichter Euripides 480 v. Chr. geboren[221] *und war damit ein Zeitgenosse des großen Philosophen Sokrates. Er ist in Athen großgeworden, einer Stadt, die sich zu seiner Lebenszeit zum ersten Machtzentrum Griechenlands entwickelte und dies sowohl in politischer als auch in kultureller Hinsicht. Seine Eltern stammten wohlmöglich aus der „wohlhabenden Mittelschicht". Obwohl heutzutage als Tragiker bekannt, begann seine öffentlichkeitswirksame Dichtung erst in seinen späteren Lebensjahren mit der Uraufführung der Alkestis im Jahr 438 v. Chr.*[222] *Auslöser für seine Tätigkeit als Dichter waren vermutlich die Diskussionen über diverse (Welt-) Ansichten seiner Zeit, die er in seinen Stücken auf eigene Art bearbeitete und hinterfragte.*[223] *Auskünfte über die Dinge, die er davor tat, bleiben Vermutungen (u. a. wird genannt: Sportler und/oder Maler). In welcher Art und Weise er zu seinem philosophischen Wissen und Denken gekommen ist, ist ebenfalls nicht sicher zu sagen, doch man ist sich einig, dass er durch diverse Philosophen und Denker seiner Zeit (z. B. Sokrates, der als ein guter Freund des Euripides bezeichnet wird*[224]*) beeinflusst wurde und darauf aufbauend seine eigene Weltansicht*

220 Soweit nicht anders angegeben, stammen die folgenden Informationen aus: Heinrich Kuch. Euripides. a. a. O. S. 5–34. Ein Vergleich mit dem Nachwort in der Reclam-Ausgabe der *Alkestis* zeigt, dass sich an den unsicheren Lebensdaten des *Euripides* in den letzten Jahrzehnten der Forschung nichts geändert hat (Euripides. Alkestis: Griechisch/Deutsch. Reclam: Stuttgart/Ditzingen, 1981/2017. S. 129–132.).

221 Das Geburtsdatum wird unter Wissenschaftlern stark angezweifelt. Im Jahr 480 vor Christi Geburt siegten die Griechen in einer bedeutenden Seeschlacht über die Perser. Es wird vermutet, dass die Datierung der Geburt des *Euripides* auf dieses Jahr nur aufgrund dieses wichtigen Sieges geschah. Einigkeit herrscht größtenteils darüber, dass *Euripides* zwischen 486 und 480 v. Chr. geboren wurde. Vgl.: Beate Varnhorn/Anke Braun u. a. (Hrsg.). Das aktuelle wissen.de Lexikon in 24 Bänden: Band 6. Wissen Media Verlag: Gütersloh/München, 2004. S. 303.

222 Wahrscheinlich ließ er schon früher Stücke aufführen, doch *Alkestis* war das erste, welches ihm zur Bekanntheit verhalf. Siehe: Euripides. Alkestis: Griechisch/Deutsch. a. a. O. S. 132.

223 Vgl. Euripides. Alkestis: Griechisch/Deutsch. a. a. O. S. 130.

224 Ebd.

formte. Gestorben ist Euripides mit hoher Wahrscheinlichkeit um das Jahr 407/406 v. Chr. in Makedonien/Mazedonien.[225]

Es wird nun das Schaffen des Euripides betrachtet. Im Gegensatz zu seinen Lebensinformationen sind Euripides Werke zuverlässig und „[u]nbestreitbar wahrheitsgetreu" überliefert. Zumindest gilt das für die Werke, die tatsächlich erhalten blieben (18 Stücke). Wie viele Stücke er darüber hinaus verfasst hat, lässt sich nur erahnen.[226] *Seine Stücke, die häufig eine neue Interpretationen alter Mythen und Geschichten abbildeten, nahmen die „religiösen, sittlichen u[nd] sozialen Fragen seiner Zeit [auf]", die er jedoch in eigener Weise beantwortete und damit die bis dahin allgemeinen Ansichten der griechischen Kultur zum Teil infrage stellte. Dieser Umstand führte nach und nach zur Bekanntheit des Euripides und ließ ihn in seinem Ansehen unter den anderen Dichtern und Denkern seiner Zeit hervorstechen.*[227] *Er gilt gemeinsam mit Aischylos*[228] *und Sophokles*[229] *als einer der „drei Großen" der griechischen Tragödiendichter.*[230] *Seine Tragödien beeinflussten nachhaltig*

---

225 Vgl. Beate Varnhorn/Anke Braun u. a. (Hrsg.). Das aktuelle wissen.de Lexikon in 24 Bänden: Band 6. a. a. O. S. 303. Eine Version besagt, dass *Euripides* von zwei Hunden getötet wurde, welche von eifersüchtigen Dichtern auf ihn gehetzt worden sind (Euripides. Alkestis: Griechisch/Deutsch. a. a. O. S. 132.).

226 Heinrich Kuch. Euripides. a. a. O. S. 5. Die Mehrheit geht von ca. 90 Stücken aus. Vgl. Euripides. Alkestis: Griechisch/Deutsch. a. a. O. S. 132.

227 Beate Varnhorn/Anke Braun u. a. (Hrsg.). Das aktuelle wissen.de Lexikon in 24 Bänden: Band 6. a. a. O. S. 303. Vgl. Johannes Irmscher (Hrsg.). Lexikon der Antike. a. a. O. S. 172.

228 *Aischylos/Äschylus* (525/524–456/455 v. Chr.) war ein griechischer Tragödiendichter, der als „Liebling der Athener" galt. Seine Stücke verdeutlichten überwiegend die damalige Ansicht der „Gerechtigkeit der göttl[ichen] Weltordnung". Siehe in: Beate Varnhorn/Anke Braun u. a. (Hrsg.). Das aktuelle wissen.de Lexikon in 24 Bänden: Band 2. a. a. O. S. 96f.

229 *Sophokles* (ca. 496 – ca. 406 v. Chr.) gehörte zu den klassischen Tragikern. Allerdings war er darüber hinaus ebenso als Staatsmann (u. a. Schatzmeister) aktiv. Er veränderte das griechische Drama dahingehend, dass mehr Akteure auf der Bühne fungierten als bis dahin üblich (statt zwei Schauspielern traten drei auf und der Chor, wichtiger Bestandteil der klassischen Bühnenkunst, vergrößerte sich von 12 auf 15 Personen). Von seinen mindestens 100 Stücken sind sieben erhalten geblieben. Die berühmtesten Werke sind *Antigone*, *Elektra* und *Ödipus*. Vgl. Johannes Irmscher (Hrsg.). Lexikon der Antike. a. a. O. S. 551f.

230 Heinrich Kuch. Euripides. a. a. O. S. 6. Vgl. Beate Varnhorn/Anke Braun u. a. (Hrsg.). Das aktuelle wissen.de Lexikon in 24 Bänden: Band 6. a. a. O. S. 303.

die Dichtkunst und Dramen des römischen Reiches sowie die modernen Dramen seit der Renaissance.[231]

3.2 *Alkestis*

Da sich in 3.3 („Die ‚Mehrschichtige Bedeutung': Der Stellvertretertod)" mit einem zentralen Punkt der *Alkestis* auseinandergesetzt wird, soll hier ein Überblick über deren Inhalt gegeben werden. Wie bereits erwähnt, handelt es sich um das älteste noch erhaltene Stück des *Euripides.*[232]

Im Zentrum des Stückes steht die Frau *Alkestis* und ihr Ehemann *Admet*. Letzterer wurde von den Göttern zum Tode verurteilt. Der genaue Grund dieses Urteils wird bei *Euripides* nicht genannt.[233] In dieser Zeit diente der Gott *Apollon* bei *Admet* als Schafhirte. Er überredete die Schicksalsgöttinnen, dass sie *Admet* am Leben lassen würden, wenn dieser im Gegenzug jemanden finden würde, der an seiner statt stirbt. Nachdem *Admets* Eltern sich nicht als stellvertretendes Opfer zur Verfügung stellen wollten, erklärte sich seine Frau *Alkestis* bereit, für ihn zu sterben, damit er weiterleben kann. Das Stück setzt an dem festgelegten Sterbetag der *Alkestis* ein.[234]

Wie für die Stücke der damaligen Zeit üblich, beginnt *Alkestis* mit einem Prolog, in welchem sich der Gott *Apollon* mit *Thanatos* unterhält, welcher den Tod bzw. einen Priester des Todes verkörpert. Kernpunkt ihres Gespräches ist der Wunsch des *Apollon*, auch *Alkestis* vor dem Tod zu bewahren, doch *Thanatos* betont, dass dies nicht möglich ist. Am Schluss des Prologes steht die Behauptung des *Apollon*, dass jemand kommen wird, der *Alkestis* dem Tod entreißt, der Behauptung des *Thanatos* gegenüber: „[D]ie Frau wird gewiß

231 Johannes Irmscher (Hrsg.). Lexikon der Antike. a. a. O. S. 172.

232 Euripides. Alkestis: Griechisch/Deutsch. a. a. O. S. 132. Die hier erwähnte Ausgabe der *Alkestis* enthält neben einer deutschen Prosaübersetzung den griechischen Originaltext. Bei Zitaten wird dennoch auf die deutsche Übersetzung zurückgegriffen.

233 Andere Schriften berichten, dass *Admet* den Zorn der Göttin *Artemis* auf sich zog, weil er dieser am Tag seiner Hochzeit nicht opferte. Sein Todesurteil war *Artemis*' Reaktion darauf. Ebd. S. 106f.

234 Ebd. S. 10/11. V. 1–27.

hinabsteigen zu des Hades Häusern." [235] Mit diesem Gegensatz endet der Prolog und leitet in die Haupthandlung ein.[236]

Die gesamte Haupthandlung ist ein Wechselspiel der Kommentierung des Geschehens durch einen Chor und dem Auftreten einiger weniger Akteure, die zum Hause des *Admet* gehören. Gelegentlich tritt dabei der Chor in einen Dialog mit den Handelnden.

Zunächst wird *Alkestis* durch den Chor als eine vorbildliche Ehefrau dargestellt, welche ihre tugendhafte Art nun zusätzlich durch den Stellvertretertod für ihren Mann unterstreicht. Der Chor beklagt, dass eine solche Frau sterben muss. Gleich dem *Thanatos* im Prolog bringt der Chor die Unausweichlichkeit des bevorstehenden Todes zum Ausdruck.[237] Daraufhin erscheint eine Dienerin des Hauses weinend auf der Bühne, welche verkündet, dass *Alkestis* physisch zwar noch am Leben, innerlich jedoch bereits gestorben ist. Jedwede Hoffnung auf Rettung ist dahin. Doch sowohl der Chor als auch die Dienerin betonen erneut die vollkommen anmutende Art der *Alkestis*, die durch ihren Tod zur Berühmtheit gelangen wird.

> *„[Chor:] So wisse sie [Alkestis] wenigstens, daß sie als berühmte Frau sterben wird // und als beste von allen unter der Sonne – bei weitem! // [Dienerin:] Wie sollte sie nicht die beste sein? Wer wird dem widersprechen? // Was müßte das für eine Frau sein, die diese // übertrifft? Wie könnte eine besser beweisen, // daß sie ihren Gatten höher als alles schätzt, als wenn sie für ihn sterben will?"* [238]

Die Dienerin berichtet nun, wie *Alkestis* sich wenige Augenblicke zuvor von allen Leuten des Hauses verabschiedet hat und jetzt gemeinsam mit ihrem Mann Arm in Arm im Zimmer liegt und *Admet* darum fleht, dass sie nicht gehen muss. Auch der Chor betet trotz der hoffnungslosen Lage erneut darum, dass *Alkestis* gerettet wird. Diese betritt nun von ihrem Mann gestützt die Bühne.[239]

---

235 Ebd. S. 12/13. V. 73.

236 Ebd. S. 12/13–14/15. V. 28–76.

237 Ebd. S. 16/17–18/19. V. 77–135.

238 Ebd. S. 20/21. V. 150–155. Die „//" kennzeichnen einen Verswechsel.

239 Ebd. S. 24/25–26/27. V. 191–237.

In einem Dialog zwischen *Admet* und *Alkestis* postuliert *Admet* ihre Unschuld und ermutigt *Alkestis* dazu, nochmal bei den Göttern um Erbarmen zu bitten. Doch *Alkestis* hat keine Kraft mehr und will, dass ihr Ehemann sie sterben lässt. Allerdings will *Alkestis* noch einen letzten Wunsch äußern. Dem Wunsch geht zunächst eine Beschreibung der Motivation der *Alkestis* voraus: „Weil ich dich über alle stelle [...] sterbe ich für dich, obwohl ich hätte am Leben bleiben können".[240] Als Dank für ihren wertvollen Opfertod erbittet sie nun von ihrem Mann, dass dieser keine neue Frau nehmen soll, sobald sie gestorben ist. *Admet* verspricht, sich daran zu halten.[241] Danach setzt er zu einer Lob-Hymne für seine Frau an, die zu Beginn die Bedeutsamkeit ihrer Tat auf den Punkt bringt: „Du aber gabst im Austausch für mein Leben das Liebste hin // und rettetest mich".[242] Nach dem erneuten Ausdruck des Bedauerns über ihren Tod und dem wiederholten Versprechen, keine neue Frau zu nehmen, stirbt *Alkestis*.[243]

Nachdem sie gestorben ist, besingt der Chor erneut die Tugendhaftigkeit der *Alkestis* und prophezeit abermals ihre künftige Berühmtheit aufgrund ihrer Tat. Die Ausführungen des Chores enden mit einer wiederholenden Hervorhebung dessen, was sie tat: „Denn du [...] allein, o liebe Frau, // du brachtest es über dich, deinen // Gatten im Tausch für dein // Leben aus dem Hades zu retten."[244]

Im zweiten Teil des Stückes kommt *Herakles* an den Hof des *Admet*. Dieser wird zunächst von *Admet* im Unklaren darüber gelassen, wer genau kurz zuvor gestorben ist. *Herakles* geht vorerst davon aus, es handelt sich um eine einfache Frau, die mit bei *Admet* gewohnt hat. Er wird von *Admet* gebeten, dessen Gast zu sein und nimmt diese Einladung an. *Herakles* wird daraufhin von einem Diener ins Haus gebracht.[245]

Es kommt zu einem Gespräch zwischen *Admet* und dessen Vater *Pheres*. *Admets* Vater will am Begräbnis der *Alkestis* teilnehmen, doch

240 Ebd. S. 30/31. V. 282–284.

241 Ebd. S. 32/33–34/35. V. 287–337.

242 Ebd. S. 36/37. V. 338–362.

243 Ebd. S. 38/39–40/41. V. 363–412.

244 Ebd. S. 42/43–46/47. V. 435–475.

245 Ebd. S. 46/47–54/55. V. 476–567.

es wird ihm verwehrt, da er nicht bereit war, für seinen eigenen Sohn zu sterben. Es kommt zu einem Streit zwischen Vater und Sohn, der seinen Höhepunkt darin findet, dass *Admet* nicht länger Sohn des *Pheres* sein will.[246] Viel mehr kommt nach *Admet Alkestis* dem gleich, was einen Vater ausmacht: „[W]enn ich dank einem andern // Retter den Glanz der Sonne noch sehe [weiterleben darf], so nenne ich mich dessen // Sohn".[247] Der Streit geht nach diesen Worten weiter, ohne ein anderes Ergebnis hervorzubringen und Vater und Sohn verlassen die Bühne.

Nach einer erneuten Lobeshymne auf *Alkestis* durch den Chor, tritt nun der Diener auf die Bühne, der *Herakles* in das Haus gebracht hat. Er beschwert sich über die Art des *Herakles*, der trotz der tragischen Situation am Hof (von der *Herakles* jedoch nach wie vor nicht im Detail unterrichtet wurde) zu viel isst und trinkt. *Herakles* tritt hinzu und fragt den Diener, weshalb er so betrübt sei. Durch ein längeres Gespräch erfährt *Herakles*, dass es sich bei der Verstorbenen um *Admets* Ehefrau handelt.[248] Seines Verhaltens beschämt, will *Herakles* als Wiedergutmachung alles daran setzen, *Alkestis* wieder zurückzuholen: „Denn ich muß die eben verstorbene Frau // retten und Alkestis wieder in dieses Haus // zurückbringen und Admet diesen Liebesdienst erweisen." Er verlässt die Bühne auf der Suche nach *Thanatos*, dem Tod.[249]

Währenddessen versinkt *Admet* immer mehr in Trauer, hat Gedanken des Selbstmordes, beklagt zutiefst den Verlust seiner Frau und äußert Zweifel, ob er jemals wieder Glück und Freude empfinden würde.[250]

Bevor es zum großen Finale kommt, besingt der Chor das Wesen des Todes: Gegen ihn kann niemand etwas ausrichten; ihn kann niemand besiegen; es gibt kein Mittel gegen ihn. Die Gedanken enden mit der wiederholten Bewunderung der Tat der *Alkestis*. Ihr Opfertod hat nach den Aussagen des Chores die Folge, dass man

---

246 Ebd. S. 56/57–60/61. V. 606–666.

247 Ebd. S. 60/61–62/63. V. 666–668.

248 Ebd. S. 70/71–74/75. V. 759–840.

249 Ebd. S. 74/75–76/77. V. 840–862.

250 Ebd. S. 78/79–84/85. V. 864–961.

über *Alkestis* sagen wird: „Diese starb einst für ihren Mann, // jetzt ist sie eine selige Gottheit; // sei gegrüßt Herrin, schenke uns Segen!“ [251]

Das Finale beginnt mit der Rückkehr des *Herakles*, der an seiner Hand eine verschleierte Frau führt. Diese bringt er zu *Admet* und bittet ihn darum, sie als neue Ehefrau zu nehmen, welche ihm helfen wird, die Trauer zu überwinden. Doch seines Versprechens gedenkend, lehnt *Admet* dieses Angebot entschieden ab. Allerdings überzeugt ihn *Herakles*, die Frau zumindest als Gast im Haus aufzunehmen. Nachdem *Admet* dem zustimmt, wird der Schleier der Frau entfernt und vor *Admet* steht die von dem Toten wieder auferstandene *Alkestis. Herakles* hatte sie *Thanatos* entrissen, wie es *Apollon* im Prolog vorhergesagt hat.[252] *Admet* ordnet ein Freudenfest an und der Chor schließt das Stück mit den Worten:

> *„Viele Gestalten kennt das Göttliche, // und vieles wollenden die Götter unvermutet: // das Erwartete verwirklicht sich nicht, // für das Unerwartete aber findet Gott einen Weg. // So ging dieses Ereignis aus.“* [253]

3.3 *Die „Mehrschichtige Bedeutung“: Der Stellvertretertod*

Wo lässt sich in diesem Stück eine „Mehrschichtige Bedeutung“ im Sinne Lewis‘ finden? Um dieser Frage nachzugehen, werden noch zwei zusätzliche Schritte auf dem Weg zum Christusanklang gemacht. Zuerst wird dargelegt, auf welcher Geschichte aufbauend *Euripides* sein Stück *Alkestis* entwickelt hat. Danach wird eine Interpretation aus dem Nachwort der Reclam-Ausgabe der *Alkestis* zitiert. Durch diese beiden Schritte wird der Hauptgedanke des Stückes in den Vordergrund gestellt, welcher dann mit dem Jesusereignis in Verbindung gebracht werden soll.

251 Ebd. S. 84/85–88/89. V. 962–1005.

252 Ebd. S. 88/89–98/99. V. 1006 – 1152.

253 Ebd. S. 100/101. V. 1159 – 1163. Mit diesen Worten enden alle Stücke des *Euripides* (ebd. S. 124).

3.3.1 Der Hauptgedanke der *Alkestis*

Der erste Schritt beschäftigt sich mit der Frage: Was war die Quelle des *Euripides*?

Der Philologe Kurt Steinmann erläutert in einem Nachwort der *Alkestis*, dass die ursprüngliche Geschichte, die *Euripides* in seinem Bühnenstück erzählt, auf ein Volksmärchen zurückzuführen ist. Runtergebrochen auf dieses Märchen würde die Handlung wie folgt aussehen:

Ein König [*Admet*] heiratete eine junge und schöne Frau [*Alkestis*]. Der Tod jedoch forderte kurz darauf den Tod des Königs, ließ sich aber darauf ein, den König am Leben zu lassen, wenn sich eine andere Person stellvertretend für ihn hingeben würde. Da die Eltern des Königs sich nicht opfern wollten, stellte sich seine Gattin als Stellvertretungsopfer bereit. Durch ihren Tod konnte der König weiterleben.[254]

Weiterhin wird erwähnt, dass sich diese Urform des Volksmärchens ebenso außerhalb der griechischen Kultur finden lässt: Der Stellvertretertod, welcher ein anderes Leben rettet, ist ein weit verbreitetes Motiv u. a. in persischen und indischen Geschichten und er bildet ebenfalls das Zentrum in der *Alkestis*.[255] Dies soll durch Schritt zwei nochmal herausgestellt werden.

Der zweite Schritt befasst sich nun mit einer Interpretation der *Alkestis*.

An dieser Stelle soll eine Einschätzung aus dem Nachwort Kurt Steinmanns zitiert werden:

> *„[D]er Sinn des Dramas [scheint] klar: Alkestis stirbt stellvertretend für ihren Mann, dem der Tod schon vorbestimmt war, und wird von Herakles, den Admet als Gast in sein Haus aufgenommen hat, [...] dem Todesdämon wieder abgerungen.*

254 Beschrieben in ebd. S. 136.

255 Ebd. S. 136f. Zum Stellvertretertod in der griechischen und römischen Mythologie (speziell im Vergleich zum Kreuzestod Christi) siehe ebenfalls: Jörg Frey/Jens Schröter (Hrsg.). Deutungen des Todes Jesu im Neuen Testament. Mohr Siebeck: Tübingen, 2012². S. 213–256 (v. a. ab S. 234). Ein Vergleich zur Verbreitung dieses Motives im Alten Orient findet sich u. a. in: Alexander Demandt. Alexander der Grosse: Leben und Legende. C. H. Beck: München, 2009. S. 342. 468.

Alkestis' hehrer Opfersinn und Admets überwältigende Gastlichkeit und unerschütterliche Treue brechen die Macht der grausen Ananke [des Schicksals; hier: des Todes][256] *[...] Die Macht des Todes ist nicht unabänderlich: wo menschliche ἀρετή [Tugend]*[257] *und göttliche ὠφελία [Hilfe, Unterstützung]*[258] *zusammenwirken, kann die notreiche Wirklichkeit im versöhnlichen Ausgang aufgehoben werden: unvermutete heilbringende Schicksalswenden gehören nicht einer märchenhaften Vergangenheit an. Märchen sind möglich und wahr, im Jahre 438 und heute und jederzeit."*[259]

Diese Interpretation lässt bereits erahnen, wo hier eine „Mehrschichtige Bedeutung" liegen könnte. Dennoch soll ein weiterer Punkt erwähnt werden, bevor zu Lewis' Ansatz übergegangen wird.

Steinmann macht in den Anmerkungen zum Stück des *Euripides* klar, dass ein entscheidendes Motiv, welches ebenfalls in der gerade angeführten Interpretation vorzufinden ist, erst später in den Mythos der *Alkestis* mit aufgenommen wurde: Die Rettung durch *Herakles*. Die Wiederkehr der *Alkestis* aus dem Totenreich war höchstwahrscheinlich seit Anbeginn der griechischen Fassung des ursprünglichen Volksmärchens ein wichtiger Bestandteil des Mythos, doch der Anlass dazu war ein anderer als bei *Euripides'* Version. Statt der Befreiung durch *Herakles* (Steinmann bezeichnet es als „Rettungsversion"), war der Grund die Gnade der Götter, die von *Alkestis'* Tat so erstaunt waren, dass sie *Alkestis* wieder gehen ließen und sie damit den Tod besiegte (Steinmann bezeichnet diese Fassung als „Gnadenversion").[260] Das im Hinterkopf behaltend könnte die zuvor zitierte Interpretation folgendermaßen verkürzt werden:

---

256 Vgl. Johannes Irmscher (Hrsg.). Lexikon der Antike. a. a. O. S. 35.

257 Vgl. Gustav Eduard Benseler. Griechisch-Deutsches Schul-Wörterbuch. a. a. O. S. 105.

258 Abgeleitet von griech. ὠφέλεια *ōphẹleia*, was auch „Vorteil" oder „Nutzen" bedeuten kann. Der Kontext legt allerdings nahe, dass die Bedeutungsrichtung von „Hilfe" und „Unterstützung" gemeint ist. Vgl. Gustav Eduard Benseler. Griechisch-Deutsches Schul-Wörterbuch. a. a. O. S. 929.

259 Euripides. Alkestis: Griechisch/Deutsch. a. a. O. S. 145.

260 Ebd. S. 121f. 139f.

„Alkestis stirbt stellvertretend für ihren Mann, dem der Tod schon vorbestimmt war, und wird [...] dem Todesdämon wieder abgerungen. Alkestis' hehrer Opfersinn [bricht] die Macht der grausen Ananke [des Schicksals; hier: des Todes] [...] Die Macht des Todes ist nicht unabänderlich: wo göttliche ὠφελία [Hilfe, Unterstützung] [wirkt], kann die notreiche Wirklichkeit im versöhnlichen Ausgang aufgehoben werden: unvermutete heilbringende Schicksalswenden gehören nicht einer märchenhaften Vergangenheit an. Märchen sind möglich und wahr, im Jahre 438 und heute und jederzeit."[261]

Mit diesem zusätzlichen Wissen wird nun Lewis' Ansatz auf das Beispiel der *Alkestis* angewandt.

3.3.2 *Alkestis* und Christus: Ein Vergleich

Auf den Punkt gebracht geht es bei Lewis' Vorgehensweise um die Frage: Wie sind gewisse Aussagen früherer Autoren im Lichte späterer Ereignisse zu bewerten?[262] In seinem und dem Kontext der hier vorliegenden Arbeit geht es dabei speziell um das Ereignis des Christusgeschehens. Die erste Frage bezüglich der *Alkestis* lautet demnach: Um welche Aussage geht es?

Es geht um den Stellvertretertod. Dieser lässt sich wie folgt zusammenfassen:

Eine Person (*Alkestis*) opfert sich, damit eine andere Person (*Admet*), die eigentlich zum Tode verurteilt war, weiterleben kann.

Dies ist die erste Bedeutungsschicht und wie bei *Platons* Gerechten handelt es sich hier um eine Idealvorstellung: Ein Leben im Tausch für ein Leben; ein Motiv, welches sich ebenfalls in anderen Kulturen finden lässt.[263] Es steht an dieser Stelle eine Idee im Mittel-

261 Ebd. S. 145.

262 Vgl. Punkt 1.3.1 („Jesus Christus in [vorchristlichen] außerbiblischen Quellen").

263 Vgl. Euripides. Alkestis: Griechisch/Deutsch. a. a. O. S. 136f.

punkt, die vielfach verbreitet war: Der Gedanke, dass ein stellvertretendes Opfer das Leben anderer Menschen rettet.[264]

Die zweite Frage, die gestellt wird: Welches Geschehnis trat später hinzu?

Es ist der Stellvertretertod Christi. Um diesen zusammenzufassen, werden zuerst einige Bibelverse zitiert, die dann zusammengetragen den Stellvertretertod Christi beschreiben sollen.

1. Alle haben gesündigt!
   Paulus schreibt in seinem Brief an die Römer: „[A]lle haben gesündigt" (Römer 3,23a; Elberfelder Übersetzung). Er definiert mit diesem Satz vorerst jeden Menschen als Sünder.[265] Was das für eine Folge hat, zeigt der nächste Bibelvers.

2. Sünder sind zum Tode verurteilt!
   In dem gleichen Brief erklärt Paulus, was der Umstand, dass der Mensch ein Sünder ist, für diesen bedeutet: „Denn der Lohn der Sünde ist der Tod" (Römer 6,23a; Elberfelder Übersetzung). Das heißt, dass nach Paulus die gesamte Menschheit zum Tode verurteilt ist und sterben muss.

3. Christus starb für unsere Sünden!
   Mehrere Bibelstellen machen deutlich, dass Jesus Christus aus diesem Grund gestorben ist: Damit die Menschen diesen verdienten Tod nicht erleben müssen, sondern weiterleben können. Zwei Passagen seien an dieser Stelle genannt.
   Erneut aus dem Römerbrief (Römer 5,8; Elberfelder Übersetzung): „Gott aber erweist *seine* Liebe zu uns darin, dass Christus,

---

264 Siehe dazu Simon Gathercole. Defending Substitution: An Essay on Atonement in Paul. a. a. O. S. 90–103. Auf S. 91–97 behandelt Gathercole ebenfalls *Alkestis* als Beispiel des schon vor Christus verbreitenden Motives des Stellvertretertodes.

265 Es würde den Umfang der Arbeit sprengen, den Begriff „Sünde" an dieser Stelle ausführlich zu behandeln. Es sei diesbezüglich auf die im Literaturverzeichnis erwähnten Dogmatiken verwiesen, die einen guten Einblick in die Thematik liefern. Um dennoch wenigstens *eine* Umschreibung zu geben, wird Pöhlmann zitiert: „Sünde ist im *AT* wesentlich ‚Ungehorsam' […] Auch im *NT* wird die Sünde als Ungehorsam begriffen […] Dieser Ungehorsam richtet sich nicht nur *gegen* Gottes *Recht* und *Gesetz* […], sondern darüber hinaus *gegen* Gott *selbst* […] Unglaube [gegenüber Gott ist] die Grundsünde" (Hans Georg Pöhlmann. Abriss der Dogmatik: Ein Kompendium. a. a. O. S. 199 [*Hervorhebungen* im Original].). Wichtig für die nun folgenden Ausführungen sind allerdings lediglich die Aussagen, dass A) alle Menschen Sünder und B) dadurch alle zum Tode verurteilt sind.

als wir noch Sünder waren, für uns gestorben ist." (*Hervorhebung* im Original)
Und aus dem ersten Korintherbrief (1. Korinther 15,3f.; Elberfelder Übersetzung):

„Denn ich [Paulus] habe euch vor allem überliefert, was ich auch empfangen habe: dass Christus für unsere Sünden gestorben ist nach den Schriften [Altes Testament]; und dass er begraben wurde und dass er auferweckt worden ist am dritten Tag nach den Schriften".

Jesus starb für die Menschen. Das ist einer der zentralen Punkte des Christusgeschehens.[266] Und er tat das, obwohl er selbst kein Sünder war und demnach diesen Tod gar nicht verdient hätte (vgl. Hebräer 4,15). Er nahm auf sich, was nach den Aussagen des Römerbriefes die Menschheit hätte treffen sollen: Den Tod. Und die Folgen dieses stellvertretenden Opfers für die Menschen?

*„Also gibt es jetzt keine Verdammnis [Verurteilung = Tod] für die, die in Christus Jesus sind. Denn das Gesetz des Geistes des Lebens in **Christus Jesus hat dich frei gemacht von dem Gesetz** der Sünde und **des Todes.**" (Römer 8,1f.; Elberfelder Übersetzung)*

Jesus starb stellvertretend für die Menschen und dadurch können sie leben! Christi Stellvertretertod nun in einem Satz:
Jesus opferte sich, damit alle Menschen, die aufgrund der Sünde eigentlich zum Tode verurteilt sind, weiterleben können.

Stellt man die Zusammenfassung des Todes der *Alkestis* und die des Todes Jesu gegenüber, ergibt sich die zweite Bedeutungsschicht: *Alkestis*' Handeln erzeugt einen Anklang an ein circa 450 Jahre später geschehenes Ereignis. Wie *Alkestis* sich für ihren zum Tode bestimmten Mann opferte, so opferte sich Jesus Christus für die gesamte Menschheit, die eigentlich zum Sterben verurteilt ist. Wie *Admet* weiterleben konnte, so können durch den Glauben an dieses

266 1. Korinther 15,3f. (sowie das gesamte Kapitel 15 in diesem Brief) zeigt sehr gut, dass die Auferstehung ebenfalls zu den zentralen Punkten des Jesusereignisses gehört.

Jesusereignis ebenso die Menschen weiterleben (vgl. Römer 3,26.28; Epheser 2,8). Die Idee, für die *Alkestis* steht, der Stellvertretertod, ist in Christus für alle Menschen Wirklichkeit geworden. All die Dichter, die wie *Euripides* den Mythos der *Alkestis* verbreiteten, verbreiteten damit eine Botschaft, deren Tragweite sie sich vermutlich nicht bewusst waren: Ein Leben wird gegeben für ein Leben. Doch die Verbindung kann noch weiter gezogen werden. Die ursprüngliche Fassung der *Alkestis* ließ *Alkestis* den Tod bezwingen und das ohne Hilfe des *Herakles*. Durch ihre Tat wurde es ihr ermöglicht, wieder von den Toten aufzuerstehen; sie bezwang den Tod. Die Autoren der Bibel bezeugen auf ähnliche Art und Weise die Auferstehung Christi von den Toten.[267] Im Hebräerbrief stehen über den Tod Jesu zusätzlich diese Worte: „So konnte er [Jesus] durch den Tod [seinen Tod] den entmachten, der die Macht über den Tod ausübt, nämlich den Teufel“ (Hebräer 2,14b; Neue Genfer Übersetzung). Durch seinen Stellvertretertod bezwang Jesus den Teufel; den Tod. Der *Alkestis*-Mythos brachte wieder eine Sache zum Ausdruck, deren Tiefe die Autoren wahrscheinlich nicht begriffen: „Die Macht des Todes ist nicht unabänderlich“. Durch das Christusgeschehen ist das Märchen wahr und die „unvermutete heilbringende Schicksalswendung“ möglich geworden.[268] Lange vor dem eigentlich Jesusereignis und außerhalb biblischer Schriften wurde ein Gedanke unter den Menschen ausgesät, deren Bedeutung in Christus seinen Höhepunkt und darüber hinaus seine Verwirklichung fand.

3.3.3 Antwort auf diesen Christusanklang

Es lässt sich einmal mehr nur vermuten, wie Lewis auf diesen Verweis der Ähnlichkeit zwischen *Alkestis*-Mythos und Jesusgeschehen reagiert hätte. Ausgehend von seinem in dieser Arbeit dargelegten

267 Vgl. u. a. der Bericht im Lukasevangelium Kapitel 24. Der Römerbrief betont hinzufügend, dass Jesus durch den Geist Gottes (= Heiliger Geist) von den Toten auferstanden ist. Römer 8,11 (Elberfelder Übersetzung): „Wenn aber der Geist dessen, der Jesus aus den Toten auferweckt hat, in euch wohnt, so wird er, der Christus Jesus aus den Toten auferweckt hat, auch eure sterblichen Leiber lebendig machen wegen seines in euch wohnenden Geistes.“

268 Euripides. Alkestis: Griechisch/Deutsch. a. a. O. S. 145.

Ansatz ist eine Zustimmung wahrscheinlich.[269] Darüber hinaus sei hier noch auf zwei weiterführende Ausführungen verwiesen:

Der bereits erwähnte Theologe Simon Gathercole nutzt neben anderen Stücken der Antike besonders die *Alkestis*, um aufzuzeigen, dass die Idee der Wirkung eines Stellvertretertodes bereits vor dem Auftreten Jesu unter den Menschen verbreitet war. Analog zu Paulus' Vorgehen in Athen (vgl. den *Exkurs* zur Apostelgeschichte 17,16–33 in Punkt 2.3.2 [„Antwort auf *Tertullian*"]) erwähnt Gathercole die Möglichkeit, dass Paulus sich dieses Gedankengutes bewusst war und eventuell daran anknüpfend die Bedeutsamkeit des Christusgeschehens hervorhob.[270]

Darüber hinaus erwähnt Kurt Steinmann in seinem Nachwort zur *Alkestis* ebenso einige Versionen und Interpretationen des Stückes, die durch eine stärkere Betonung des Opfertodes besonders „auf das Christusmysterium [hin- und vorausweisen]".[271]

Neben diesen als Zustimmung zu wertenden Stimmen, soll nun dennoch auf einen wichtigen Punkt neue Aufmerksamkeit gelegt werden: Die *Gemeinsamkeiten* zwischen *Alkestis* und Jesus Christus dürfen nicht die *Unterschiede* ignorieren. Die unter 3.3.1 („Der Hauptgedanke der *Alkestis*") vorgenommene Einschränkung auf den Hauptgedanken und dem Urmärchen, auf welchem der Mythos der *Alkestis* aufbaut, hat vieler dieser Unterschiede bereits verschwinden

---

269 Es sei diesbezüglich auf 3.4 („Zusammenfassung und weiterer Kritikpunkt") für eine Ergänzung hingewiesen. Das Lewis anderweitig Verbindungen zwischen *Euripides'* Werken und dem Christusereignis hergestellt hat, macht eine kurze Bemerkung zu *Euripides* in seiner Autobiografie deutlich (Siehe dazu: Clive Staples Lewis. Überrascht von Freude. a. a. O. S. 260.).

270 Simon Gathercole. Defending Substitution: An Essay on Atonement in Paul. a. a. O. S. 102f. Er stellt diese Überlegung v. a. in Bezug auf Römer 5,6–8 auf: „Denn Christus ist, als wir noch kraftlos waren – noch zum damaligen Zeitpunkt –, für Gottlose gestorben. Denn kaum wird jemand für einen Gerechten sterben; denn für den Gütigen mag vielleicht jemand auch zu sterben wagen. Gott aber erweist *seine* Liebe zu uns darin, dass Christus, als wir noch Sünder waren, für uns gestorben ist." (Elberfelder Übersetzung; *Hervorhebung* im Original). Diese Verbindung wird verständlicher, wenn *Admet* als ein gerechter Mann betrachtet wird, für den *Alkestis* starb (Siehe dazu der *Exkurs* am Ende dieses Unterkapitels [„4. *Exkurs: Alkestis*: Für den Guten! – Jesus: Für die Feinde!"]). Gathercoles Überlegung folgend könnte Paulus bei dem Satz „denn für den Gütigen mag vielleicht jemand auch zu sterben wagen" aus Römer 5 an Stücke bzw. Mythen gleich dem *Alkestis*-Mythos gedacht haben, denen er nun das Christusereignis gegenüberstellt („Gott aber [...]").

271 Euripides. Alkestis: Griechisch/Deutsch. a. a. O. S. 171. Genannt sei der amerikanische Schriftsteller Thornton Wilder mit seiner *Alkestis*-Version „Alcestiad". Ebd.

lassen (bspw. die Rettung durch *Herakles*). Einige bleiben erhalten und sollen hier genannt werden:

1. *Alkestis*: Tod für einen. – Christus: Tod für alle!
   Während *Alkestis* durch ihren Tod *einen* Menschen rettete, rettete Jesus durch seine Tat die gesamte Menschheit.

   „Wir stellen also fest: Genauso, wie eine einzige Verfehlung [die des ersten Menschen Adam] allen Menschen die Verdammnis brachte, bringt eine einzige Tat, die erfüllt hat, was Gottes Gerechtigkeit fordert [= der Tod Jesu], ***allen Menschen*** *den Freispruch und damit* ***das Leben****." (Römer 5,18; Neue Genfer Übersetzung)*

2. *Alkestis*: Mensch und sündig. – Jesus: Mensch und Gott!
   Auch wenn speziell die Version des *Euripides Alkestis* als einen vollkommenen Menschen darstellen will, so bleibt *Alkestis* am Ende doch ein Mensch. Jesus jedoch, frei von Sünden und Fehlern (Hebräer 4,15), war Mensch und Gott.[272] Während der *Alkestis*-Mythos suggerieren könnte, dass ein normaler Mensch für einen anderen Menschen den Tod bezwingen könnte, stellt die Bibel klar hervor, dass einzig und allein Gott selbst dieses vermag. *Gott* besiegte (als Mensch) den Tod, nicht ein gewöhnlicher Mensch (vgl. Hebräer 2,14). Diese Herausstellung ist wichtig, um die Einzigartigkeit und Notwendigkeit des Jesusereignisses nicht aus den Augen zu verlieren![273]

3. *Alkestis* und *Admet*: Irdisches Leben. – Christus: Leben in Ewigkeit!
   Durch ihren Stellvertretertod ermöglichte *Alkestis* ihrem Ehemann die Weiterführung seines Lebens. Dieses Leben jedoch war ein Leben, welches weiterhin auf der Erde stattfand. Der Tod wurde sprichwörtlich „aufgeschoben" und nicht „aufgehoben", denn im hohen Alter würden sowohl *Alkestis* als auch *Admet*

272 Auch dieser Sachverhalt kann hier nicht näher beleuchtet werden. Bibelstellen zu dieser Thematik: Markus 2,1–12; 5,19f.; Johannes 1,1.14; Hebräer 1,8 u. a. Darüber hinaus sei ein weiteres Mal auf die Dogmatiken im Literaturverzeichnis verwiesen.

273 Siehe dazu Punkt 2.5 („Zusammenfassung").

dennoch sterben müssen. Jesus hingegen bewirkte mit seinem Opfertod *ewiges* Leben für die Menschen.[274] „Denn Gott hat der Welt seine Liebe dadurch gezeigt, dass er seinen einzigen Sohn [Jesus] für sie hergab, damit jeder, der an ihn glaubt, das ewige Leben hat und nicht verloren geht." (Johannes 3,16; Neue Genfer Übersetzung)

4. *Exkurs: Alkestis*: Für den Guten! – Jesus: Für die Feinde![275]

Es herrscht Uneinigkeit darüber, ob Admet trotz seines Todesurteils im Grunde als eine gute Person angesehen werden kann.[276] *Dies geht darauf zurück, dass kein eindeutiger Anlass für seine Verurteilung genannt wird.*[277] *Nun ließe sich ein weiterer Unterschied festhalten, würde Admet als ein guter Mensch betrachtet werden. In diesem Fall wäre Alkestis stellvertretend für eine* gerechte *Person gestorben. Jesus allerdings ist „für* Gottlose *gestorben" (Römer 5,6b; Elberfelder Übersetzung); für* Sünder.[278] *Mit den Worten Gathercoles: „Jesus's death is presented by Paul as quite different […] because it is a death for enemies."*[279] *Während Alkestis für einen* guten *Menschen starb, „erweist [Gott]* seine *Liebe zu uns darin, dass Christus, als wir noch* Sünder *waren, für uns gestorben ist." (Römer 5,8; Elberfelder Übersetzung; erste Hervorhebung im Original)*[280]

274 Der christliche Glaube verleugnet mit dieser Aussage nicht den irdischen Tod, ist sich aber eines ewigen Lebens nach diesem Tod gewiss.

275 Dieser Punkt ist entnommen aus: Simon Gathercole. Defending Substitution: An Essay on Atonement in Paul. a. a. O. S. 111.

276 Ebd. S. 92–94. Ebenso: Euripides. Alkestis: Griechisch/Deutsch. a. a. O. S. 146–151.

277 Siehe der Beginn von Punkt 3.2 („*Alkestis*") und die dazugehörige Anmerkung 233. In der Version des *Euripides* wird er darüber hinaus ungeachtet des Urteils sogar als „fromme[r] Mann" bezeichnet. Ebd. S. 10/11. V. 10.

278 Siehe Punkt 3.3.2 („*Alkestis* und Christus: Ein Vergleich").

279 Simon Gathercole. Defending Substitution: An Essay on Atonement in Paul. a. a. O. S. 111. Übersetzung des Verfassers: „Jesu Tod wird von Paulus ganz anders dargestellt […], weil er ein Tod für Feinde ist."

280 Da nicht sicher ist, ob *Admet* tatsächlich als gut angesehen werden kann, wurde dieser Unterschied als *Exkurs* dargestellt.

Soweit einige Unterschiede, die es hervorzuheben gilt. Ein weiterer Punkt bezüglich der vorgenommenen Gegenüberstellung (*Alkestis* – Jesus) wird in der nun folgenden Zusammenfassung erwähnt.

3.4 *Zusammenfassung und weiterer Kritikpunkt*

Durch den Ansatz „Mehrschichtiger Bedeutungen" ließ sich in der *Alkestis* des *Euripides* ein Anklang an das Christusgeschehen entdecken, der darauf aufmerksam machen kann, dass in Jesus das wahr geworden ist, was viele bereits als Idee in ihren Köpfen hatten: Ein Leben gegeben für ein Leben. Ein (vorchristliches) außerbiblisches Schriftstück (*Alkestis*) kann dadurch durchaus eine höhere oder neue Wertschätzung bekommen.

Allerdings sei anhand dieses Beispiels auf einen Punkt verwiesen, der eine weitere Problematik eines solchen Vorgehens aufzeigt bzw. neu hervorstechen lässt. Mit Blick auf 3.3.1 („Der Hauptgedanke der *Alkestis*"), welcher das gesamte Stück des *Euripides* auf ein Minimum reduzierte, soll rückblickend die Frage gestellt werden: *Wie tief musste man graben, bevor die entscheidende Bedeutungsschicht zum Vorschein kam?* Es scheint, als wären zwischen der ersten und zweiten Bedeutungsschicht mehrere Zwischenschichten gewesen, die man zuerst nach und nach entfernen musste, bis am Ende das liegen blieb, was nötig war, um die Verbindung zu Jesus zu ziehen. Um es aus meiner Perspektive und in Anlehnung an C. S. Lewis zu formulieren: Es ist gut möglich, dass es an diesem gewählten Beispiel lag, doch im ersten Moment kann nicht davon die Rede sein, dass ich als Christ beim Lesen der *Alkestis* „zusammenzucken" musste, weil der Anklang an das Jesusgeschehen offensichtlich hervortrat.[281] Zwar ist die Ähnlichkeit durchaus faszinierend und in einem gewissen Sinne mag sie ebenso bekräftigend für den Glauben an Christi Leben, Sterben und Auferstehen sein, doch womöglich geht durch die „Mehrschichtige Bedeutung", die in der *Alkestis* wahrgenommen werden kann, zu viel von den übrigen Inhalten des Stückes verloren. Der positiven Wirkung einer Bestätigung des Glaubens

281 Clive Staples Lewis. Das Gespräch mit Gott: Beten mit den Psalmen. a. a. O. S. 116.

steht hier ein Weg der Reduktion hin zu dieser Auferbauung gegenüber. Es gilt immer wieder zu hinterfragen, ob dieser Aufwand in einem gesunden Verhältnis zum Nutzen steht. Vermutlich wird jeder Mensch diese Frage anders beantworten.

4. Fazit

Ähnlichkeiten zwischen dem Jesusereignis und (vorchristlichen) außerbiblischen Schriftzeugnissen existieren. Dieser Sachverhalt wurde durch die Ausführungen in dieser Arbeit ausreichend dargelegt. Lewis ermutigt Christen dazu, solche Anklänge als etwas Positives zu werten und gibt ihnen mit seinem Ansatz „Mehrschichtiger Bedeutungen" ein gutes Hilfsmittel an die Hand, um dieser Ermutigung nachzukommen. Sein Vorgehen kann Leser und Leserinnen auf Dinge in nichtbiblischer Literatur aufmerksam machen, die ihren Glauben aufbauen und bekräftigen können. Doch sollte dabei stets im Blick behalten werden, dass sich alles an Jesus Christus als dem Höhepunkt und Ziel allen Seins und Geschehens messen muss und dass nichts das wirkliche Jesusereignis, wie es in der Bibel überliefert ist, ersetzen kann.[282] Der Satz des Paulus bezüglich prophetischer Aussagen kann hier ebenso angewandt werden: „Prüft aber alles und das Gute behaltet." (1. Thessalonicher 5,21; Lutherübersetzung 2017) Gleichzeitig ist es notwendig, ein Bewusstsein dafür zu entwickeln, dass viele der aufgezeigten Anklänge das Ergebnis einer Eisegese sind und nicht die beabsichtigte Botschaft eines Textes. Trotz dieses Aspektes: Die positive Herangehensweise, die Lewis' Ansatz mit sich bringt, verdient Unterstützung und ist einer voreiligen „Verteufelung" außerbiblischer Quellen vorzuziehen. Neben der persönlichen Bereicherung können solche Anklänge an das Christusgeschehen attraktive Anknüpfungspunkte sein, um Menschen das Evangelium Christi näherzubringen, die im Normalfall kein Interesse an der frohen Botschaft Jesu haben. Denn wenn es auch neben der Bibel nichts brauchen sollte, um das Evangelium zu erklären: Wohlmöglich lassen sich Menschen, welche bisher wenige oder eher negative Berührungspunkte mit dem Christentum hatten, besser auf ein Gespräch über *Platon* ein als auf ein Gespräch, das von vornherein die Bibel zum Inhalt hat.

Der Ansatz „Mehrschichtiger Bedeutungen" erweist sich demnach als eine gute Vorgehensweise im Umgang mit außerbi-

282 Vgl. Kolosser 1,15–18; Hebräer 2,10.

blischen Schriftzeugnissen, wenn folgende Punkte berücksichtigt werden:

1. Die Gefahr der Eisegese muss im Bewusstsein verankert sein!
2. Die Unterschiede gilt es zu benennen!
3. Das reale Christusgeschehen muss der Mittelpunkt bleiben!

Bewusst wurde in dem vorhergehenden Absatz auf das „vorchristlich" verzichtet, denn auch nachchristliche Literatur trägt Passagen in sich, die an die Bedeutsamkeit Jesu erinnern. Statt diese Anklänge zu ignorieren oder zu verurteilen, können sie einen bestärken und „anknüpfungstheologisch" genutzt werden, um das Jesusereignis immer wieder neu aufleuchten und aufleben zu lassen.[283] Deshalb soll dazu ermutigt werden, mit dem richtigen Fokus nach Verweisen auf das Christusgeschehen in nichtbiblischen Schriften zu suchen.

283 Vgl. Horst Georg Pöhlmann. Abriss der Dogmatik: Ein Kompendium. a. a. O. S. 42. Auf S. 20 desselben Werkes findet sich der Begriff einer „Anknüpfungstheologie" als Zusammenfassung solcher Vorgehensweisen, die bei der Entfaltung der christlichen Glaubenslehre ebenso auf außerbiblische Schriften und Autoren (v. a. Philosophen) zurückgreifen.

5. Literaturverzeichnis

5.1 *Bücher*

Alighieri, Dante. La Commedia/Die Göttliche Komödie I: Inferno/Hölle: Italienisch/Deutsch (übersetzt von Hartmut Köhler). Reclam: Stuttgart, 2017.

Alighieri, Dante. La Commedia/Die Göttliche Komödie II: Purgatorio/Läuterungsberg: Italienisch/Deutsch (übersetzt von Hartmut Köhler). Reclam: Stuttgart, 2015.

Benseler, Gustav Eduard. Griechisch-Deutsches Schul-Wörterbuch. Teubner: Leipzig, 1896[10].

Bonhoeffer, Dietrich. Die Psalmen: Das Gebetbuch der Bibel. MBK-Verlag: Bad Salzuflen/Brunnen: Gießen, 2013[19].

Boor, Werner de/Pohl, Adolf (Hrsg.). Wuppertaler Studienbibel: Die Briefe des Petrus und der Brief des Judas. R. Brockhaus: Wuppertal, 1981.

Carson, Donald A./Moo, Douglas J. Einleitung in das Neue Testament (Mit einem Geleitwort von Rainer Riesner). Brunnen: Gießen, 2010.

Clemens von Alexandrien. Teppiche (Stromateis). Einzusehen auf: http://www.unifr.ch/bkv/kapitel147.htm (03.11.2020).

Demandt, Alexander. Alexander der Grosse: Leben und Legende. C. H. Beck: München, 2009.

Eckstein, Hans-Joachim. Christus in euch: Von der Freiheit der Kinder Gottes: Eine Auslegung des Galaterbriefs. Vandenhoeck & Ruprecht: Göttingen, 2017.

Euripides. Alkestis: Griechisch/Deutsch. Reclam: Stuttgart/Ditzingen, 1981/2017.

Frey, Jörg/Schröter, Jens (Hrsg.). Deutungen des Todes Jesu im Neuen Testament. Mohr Siebeck: Tübingen, 2012[2].

Goethe, Johann Wolfgang. Faust: Der Tragödie Erster Teil. Reclam: Ditzingen, 2000.

Grudem, Wayne. Biblische Dogmatik: Eine Einführung in die systematische Theologie. Verlag für Kultur und Wissenschaft: Bonn/arche-medien: Hamburg, 2013.

Hägglund, Bengt. Geschichte der Theologie: Ein Abriß. Evangelische Verlagsanstalt: Berlin, 1983.

Hauschild, Wolf-Dieter. Lehrbuch der Kirchen- und Dogmengeschichte Band 1: Alte Kirche und Mittelalter. Gütersloher Verlagshaus: Gütersloh, 2016[5].

Irmscher, Johannes (Hrsg.). Lexikon der Antike. VEB Bibliographisches Institut Leipzig: Leipzig, 1987[9].

Justin der Märtyrer. Erste Apologie. Einzusehen auf: http://www.unifr.ch/bkv/kapitel77.htm (21.11.2020).

Justin der Märtyrer. Zweite Apologie. Einzusehen auf: http://www.unifr.ch/bkv/kapitel78.htm (21.11.2020).

Kinker, Thomas. Die Bibel auslegen und verstehen: Ein praktischer Hermeneutikkurs: Band 1. Verlag für Kultur und Wissenschaft: Bonn, 2003.

Kinker, Thomas. Die Bibel verstehen und auslegen: Ein praktischer Hermeneutikkurs: Band 2. Verlag für Kultur und Wissenschaft: Bonn, 2003.

Kranz, Walther. Griechische Philosophie. Anaconda: Köln, 2019.

Kuch, Heinrich. Euripides. Reclam: Leipzig, 1984.

Leonhardt, Rochus. Grundinformation Dogmatik. Vandenhoeck & Ruprecht: Göttingen, 2009[4].

Lewis, C. S. Das Gespräch mit Gott: Beten mit den Psalmen. Brunnen: Gießen, 2019[3].

Lewis, C. S. Der letzte Kampf: Die Chroniken von Narnia Band 7. Carl Ueberreuter: Wien, 2004.

Lewis, C. S. Pardon, ich bin Christ: Meine Argumente für den Glauben. Brunnen: Gießen, 2012[21].

Lewis, C. S. Überrascht von Freude. Brunnen: Gießen, 2007.

McGrath, Alister E. Der Weg der christlichen Theologie. Brunnen: Gießen, 2013[3].

Neudorfer, Heinz-Werner (Hrsg.). Der Brief des Paulus an Titus (Historisch-Theologische Auslegung). SCM R. Brockhaus: Witten/Brunnen: Gießen, 2012.

Platon. Der Staat. Anaconda: Köln, 2010.

Pöhlmann, Hans Georg. Abriss der Dogmatik: Ein Kompendium. Gütersloher Verlagshaus: Gütersloh, 2002[6].

Pokorný, Petr/Heckel, Ulrich. Einleitung in das Neue Testament: Seine Literatur und Theologie im Überblick. Mohr Siebeck: Tübingen, 2007.

Ratzinger, Joseph (Benedikt XVI.). Jesus von Nazareth: Band II: Vom Einzug in Jerusalem bis zur Auferstehung. Herder: Freiburg, 2011.

Ratzinger, Joseph (Benedikt XVI.). Jesus von Nazareth: Band III. Prolog: Die Kindheitsgeschichten. Herder: Freiburg, 2012.

Rienecker, Fritz/Maier, Gerhard (Hrsg.). Lexikon zur Bibel: Mehr als 6000 Stichworte zu Personen, Geschichte, Archäologie und Geographie der Bibel. R. Brockhaus Verlag: Wuppertal, 2005[5].

Schnelle, Udo. Das Evangelium nach Johannes. Evangelische Verlagsanstalt: Leipzig, 2009[4].

Tertullian. Apologetikum (Apologeticum). Einzusehen auf: http://www.unifr.ch/bkv/kapitel92.htm (02.11.2020).

Tertullian. Die fünf Bücher gegen Marcion (Adversus Marcionem). Einzusehen auf: http://www.unifr.ch/bkv/kapitel1901.htm (02.11.2020).

Tertullian. Die Prozeßeinreden gegen die Häretiker (De praescriptione haereticorum). Einsehbar auf: http://www.unifr.ch/bkv/kapitel96.htm (12.01.2021).

Tertullian. Gegen Hermogenes (Adversus Hermogenes). Einzusehen auf: http://www.unifr.ch/bkv/kapitel1900.htm (02.11.2020).

Varnhorn, Beate/Braun, Anke u. a. (Hrsg.). Das aktuelle wissen.de Lexikon in 24 Bänden. Wissen Media Verlag: Gütersloh/München, 2004.

Vergil. Bucolica/Hirtengedichte: Lateinisch/Deutsch. Reclam: Ditzingen, 2001.

Wright, N. T. Apostelgeschichte für heute: Band 2. Brunnen: Gießen, 2015.

5.2 *Aufsätze/Monografien/Essays*

Gathercole, Simon. Defending Substitution: An Essay on Atonement in Paul. Baker Academic: o. O., 2015.

5.3 *Internetseiten*

Benz, Ernst. „Der gekreuzigte Gerechte bei Plato, im Neuen Testament und in der alten Kirche“ in: Theologische Literaturzeitung: Ausgabe Nr. 7. Evangelische Verlagsanstalt: Leipzig, 1952. http://www.thlz.com/seiten/1952/220/40623/?inhalt=heft%3D1952 %23r192 (28.10.2020).

Tück, Jan-Heiner. „Der gekreuzigte Gerechte“ in: Neue Zürcher Zeitung. Neue Zürcher Zeitung AG: Zürich, 2017. https://www.nzz.ch/feuilleton/hat-platon-das-evangelium-vorweggenommen-der-gekreuzigte-gerechte-ld.1085775 (12.01.2021).